n°4 D. Tayman
mai [illegible]

W0472802

Une Aventure de Victor Tarin
Correspondant de presse
Par Eric Rondel

Du Sang Sur la Lande

Collection
Breizh Noir

AUTRES ROMANS POLICIERS CHEZ ASTOURE

Les aventures de Victor Tarin

Coup de Tabac sur le Cap (Eric Rondel)
Meurtre sur la Rance (Eric Rondel)
Le Tueur des Trois Vallées (Eric Rondel)
Du Sang sur la Lande (Eric Rondel)
Vache Folle et Crêpes Mortelles (Eric Rondel)

Les aventures de Léon Sublet

Meurtres au Chocolat (Bernard Le Guével)
Meurtre sur la Rosette (Bernard Le Guével)

Ce livre est une œuvre de fiction. Les personnages, les situations et les lieux décrits dans ce roman sont purement imaginaires. Toute ressemblance avec des personnes ou des événements ayant existé ou existant, ne serait que pure coïncidence et le fruit du hasard.

Copyright 2001 Editions Astoure pour le monde entier.
Toutes reproductions ou adaptations interdites.

Samedi 7 juin

Depuis quelque temps dans le Penthièvre, au grand désespoir du conseil municipal et des autorités ecclésiastiques, on ne parlait plus que des *sorcelleries de Plurien.*

Des phénomènes assez rares et inquiétants, que certains hurluberlus n'hésitent pas à qualifier de surnaturels, voire de diaboliques…, secouaient le ciboulot de la population locale et alimentaient les conversations… Même les plus matérialistes y perdaient leur logique !

Que pouvait-il bien se passer de si étrange à Plurien en ce début de mois de juin si frisquet ?

La commune faisait régulièrement la une des journaux bretons et la joie des polémistes de tout poil, qui se partageaient en deux camps : les mystiques, qui faisaient confiance au surnaturel comme un adepte du benji espère dans son élastique ; les cartésiens, qui n'y croyaient pas plus qu'un électeur espère d'un député, le lendemain des élections.

Un troisième groupe, où se rangeaient les indécis et les éternels hésitants, attendait lâchement le dénouement pour se faire une opinion. C'est tellement plus facile, et surtout..., moins risqué pour sa réputation !

Dans ce paisible village du bord de mer, figé ce printemps-là par un froid quasi-sibérien, alors que la population fébrile se préparait à un double événement : l'inauguration d'un parc de loisirs, face à la salle des fêtes, et les élections municipales qui promettaient de grandes surprises selon les initiés, il se passait de drôles de choses, *des choses pas normales*, murmurait-on dans les cafés du bourg, des milieux toujours bien arrosés..., d'infos !

Comme chacun le sait !

Poussons discrètement, mais franchement, la porte grinçante du plus populaire des bistrots pluriennais « Chez Suzon », où rentrent, vingt-quatre heures sur vingt-quatre, les informations locales brutes de décoffrage, mais qui ressortent quelques heures plus tard avec les améliorations indispensables pour alimenter le fleuve *ragots*.

L'estaminet était tenu depuis des temps immémoriaux par une bonne femme sévère comme une institutrice vieille fille, et sèche comme un coup de trique. Sa hauteur impressionnante - plus d'un mètre quatre-vingts – inutilement relevée par un chignon strict en forme de bite d'amarrage et la taille de ses godasses, toujours noires à bouts pointus – des crèves-ballon, disent les gosses - lui ont valu le surnom maritime de *chausse-doris*.

Ne cherchez pas à savoir qu'elle est la raison de ce surnom fleuri, c'est inutile... Tout le monde connaît Suzon sous son pseudonyme de *chausse-doris*, même la principale intéressée, ce qui n'est pas rare ! En Bretagne on a toujours donné des surnoms à ses voisins. Seuls monsieur le curé et monsieur le maire connaissent par cœur le nom de baptême de la cafetière, qu'on dit encore plus amusant que son surnom.

A propos, elle chausse du quarante-six, la fillette... Ce qui, avouez-le, n'est pas rien, quand on songe à la taille du chausse-pied !

Nous nous égarons, revenons à notre récit et à notre préoccupation première :

Que se passait-il de si étrange à Plurien,
En ce début juin de cette année-là ?

Asseyons-nous à une table du bar à Suzon, commandons un café truffé bien chaud à *chausse-doris*, sa spécialité, et écoutons discrètement les piliers de comptoir refaire le monde à grands coups de théories bidons, aussi fragiles que des ivrognes après 22h00 et dénigrer leurs voisins et amis en toute bonne foi :

- Que…, que penses-tu de toute cette a…, affaire Bébert, toi qui vient de Pa…, Paris ? demanda Célestin en bégayant, entre deux apéros anisés avec juste ce qu'il faut d'eau pour être accepté dans le club des *petits jaunes*.

Le Célestin, personnage très populaire dans la commune, comme le sont toujours les originaux, est un grand maigre, sans âge défini, armé du matin au soir d'un balai jamais usé jeté sur l'épaule, et d'une pelle en trop bon état pour un travailleur courageux, posée sur une petite brouette surmontée d'une poubelle d'une propreté insolente.

Un éternel mégot de cigarette maïs toujours éteint ou en train d'être rallumé, collé sur sa lèvre inférieure et une casquette sans âge, à la couleur douteuse, coiffant un visage outrageant pour un fabriquant de rasoir ou de crème de beauté, finit le personnage. Il a toujours dans ses poches son vieux briquet tempête à essence, hérité de son père, marin à Terre-neuve, au glorieux temps de la voile.

Toujours au courant des ragots de quartier dont il est un des principaux vecteurs de propagation, tout le monde lui ouvre ses portes avec confiance. Célestin Maunet est rarement visible à jeun pour le grand public, mais, ayant le cœur sur la main, il est toujours prêt à rendre des services à ses compatriotes, à condition bien sûr de savoir récompenser sa générosité à sa juste valeur…, par le liquide approprié. Un truc à savoir pour ne pas le vexer : il ne faut jamais lui payer un café ou alors accompagné d'une généreuse quantité d'eau de vie…

Employé par la commune depuis sa majorité, Célestin fut d'abord simple fossoyeur, puis, la mode des caveaux préfabriqués le rendant petit à petit inutile, la municipalité, ne voulant pas l'abandonner, le recycla et nomma pompeusement sa nouvelle fonction : *Technicien de surface chargé de l'entretien du cimetière.* Mais tout le monde continuait à l'appeler *le fossoyeur.* C'était un rôle pas trop fatigant que Célestin remplissait sans faire d'étincelle, et, entre nous, cela lui convenait parfaitement.

Une infirmité accidentelle l'obligeait à claudiquer. Un soir d'hiver, alors que son feu ne se rallumait pas bien, Célestin prit un bidon d'essence et le jeta sur les cendres encore rougeoyantes de sa cheminée. Le feu se raviva violemment et enflamma sa blouse de nylon. Pris de panique, le malheureux sortit, et couru chercher du secours chez son voisin, ce qui ne fit que donner de l'oxygène à l'incendie. Transformé en torche vivante, Célestin dû son salut à la présence d'esprit d'un négociant en tissus, qui sacrifia une partie de sa marchandise à enrouler le malheureux pour étouffer le feu. Après des mois et des mois d'hôpital, entre la vie et la mort, contre laquelle il lutta courageusement, Célestin revint au pays.

Pour seule séquelle de sa mésaventure, il lui restait une démarche claudicante qui amusait les enfants. Dans leur méchanceté, ils l'avaient surnommé *hale la patte.*

- Mon pauvre Célestin, répondit Bébert le Parisien, vous êtes vraiment des naïfs à la campagne ! Mais tout ce cinéma, c'est *embrouilles et compagnie !*… Des blagues pour les gogos… De la mise en scène de gros malins pour impressionner les esprits faibles... Vous êtes plus intelligents que des touristes ! Non ?

Des murmures approuvèrent la réflexion du philosophe… Bébert apprécia son petit effet, et continua sur un ton académique :

- Crois-moi Célestin…, et vous aussi les copains…, notre Abel, il a simplement voulu baiser les assurances, et il va toucher un joli paquet de pognon... C'est un malin...

Le curé de comptoir qui vient de sermonner son assemblée, le calice d'une main et le doigt accusateur pointé vers le plafond de l'autre, est le dénommé Bébert, un enfant du pays revenu aux sources, qui s'est fait tout seul... Et il aimait bien à le faire savoir, même à ceux qui le savaient déjà…, des fois que…

Orphelin trop jeune, Bébert eut le courage de s'exiler seul à la capitale après la dernière guerre, où il fit une carrière exemplaire mais sans étincelle dans le métro. Une belle médaille du travail ornait son salon. Parti de Lamballe dans un train poussif avec une seule petite valise presque vide - en carton, comme dit la chanteuse - il bourlingua de chambre de collègues en mansardes misérables, ne mangeant pas toujours à sa faim, avant de pouvoir se construire, grâce à son courage et avec l'aide de copains du métier, un petit pavillon à Courbevoie. A cette époque les prix de l'immobilier parisien étaient encore à l'échelle humaine.

Là-bas, entre la Place Charras et le Pont de Neuilly, il rencontra sa moitié - une Bretonne bien sûr - et ils eurent trois enfants.

Revenu dans son pays dépenser sa petite retraite, après avoir fait une jolie plus-value dans les années quatre-vingts, le Bébert partageait son temps entre la pêche au bar, son jardin et les copains du bistrot. En Parisien d'adoption qui se respecte, l'ancien agent des transports parisiens avait un avis sur tout et réponse à tout. Pensez, il avait passé sa vie à la capitale, *alors ce n'était pas une bande de julots restés végéter dans leur cambrousse qui allaient lui en apprendre !* Ses amis, qui n'étaient pas dupes de sa vanité, s'en amusaient et l'avaient surnommé *le Savant de Paris.*

- Surtout qu'il paraît que ses a… affaires n'étaient pas au b… beau fixe ces derniers temps… reprit le fossoyeur en se grattant nerveusement la nuque tout en faisant bouger sa casquette d'avant en arrière.

- Les cours du co… cochon au cadran de Plé… Plérin ne sont pas à la hausse ! reprit-il bientôt, il a voulu trop gagner le beau-frère, et il nous fait une grosse indigestion d'agios... Abel ne peut plus payer et les banques doivent lui de… demander des comptes… Ca va lui faire les pieds...

- Il changera de tracteur moins souvent…, appuya le *savant de Paris* un peu jaloux de la réussite des terroirs.

- C'est pas moi qui vais le plaindre Abel Crubiet... Nom de Dieu… Il n'a jamais voulu me donner un centime sans quelque chose en con… contrepartie... conclut Célestin en crachant bruyamment.

- Hé ! Respecte mon parquet *hale la patte*, espèce de gros cochon ! lança *chausse doris* depuis sa cuisine.

Il faut préciser au lecteur, sûrement un peu décontenancé par les propos incohérents des personnages de cette histoire rocambolesque, et pour la bonne compréhension des évènements qui ne vont pas tarder à précipiter Plurien dans l'horreur, que, dans sa jeunesse, Abel Crubiet avait épousé la sœur du fossoyeur. On ne peut pas dire que c'est ce qu'il avait fait de mieux…

Célestin, toujours à la recherche d'argent frais pour..., osons le dire, se rafraîchir le tuyau à pastis, avait passé une bonne partie de ses fins de mois à taxer son beau-frère : cent francs par-ci, mille par-là. Tant que sa sœur fut vivante, Célestin n'eut pas de difficulté pour se faire entretenir par la famille Crubiet... La Francine avait pitié de son frère et donnait en cachette de son mari... Seulement voilà, la mort violente de sa pauvre sœur vint tout remettre en question. Depuis, le pauvre Célestin devait subvenir seul à ses besoins de déshydratation chronique, et Dieu sait s'il avait un organisme qui s'asséchait vite...

- Tiens remets-nous ça Su... Suzon ! renchérit le technicien de surface à la trogne écarlate, en faisant claquer son verre vide sur le comptoir en bois.

Le zinc, la tenancière l'avait revendu pour s'acheter un vélo.

- Je crois que tu as assez bu pour ce matin Célestin ! répondit la bistrotière.

- Co... co... comment ! C'est pas une vieille rombière comme toi qui va me dire ce que je dois faire nom de Dieu, remplis mon go... godet et paye toi *Chausse-doris* ! hurla Célestin en sortant de sa poche un billet de cent tout froissé.

Cette réflexion cavalière du fossoyeur entraîna une série de réactions en chaîne, un peu comme le fameux *effet papillon* que tentent de nous expliquer les météorologues de la télévision, pour justifier leur science très imparfaite.

Un coup de fouet n'aurait pas été plus rapide.

Malgré son âge, Suzon avait des ressources physiques insoupçonnées, et, ce matin là, l'honorable postérieur de Célestin en fit les frais.

En moins de temps qu'il lui fallait pour avaler un canard qui enflammerait le gosier d'un non initié, le fossoyeur se retrouva sans comprendre le cul entre le trottoir et la chaussée, trempant dans une flaque d'eau gelée, frétillant comme un lançon au bout d'un hameçon. Cette position était humiliante pour un homme, surtout avec le froid qu'il régnait cette année-là.

- Ca va te rafraîchir les idées, espèce de mal-poli, va cuver ton saoul et revient payer tes consommations demain… menaça le colosse en jupons, les deux mains sur les hanches en signe de défi.

Chausse doris, une veuve sans enfant à la puissance surnaturelle qui se croyait sûrement immortelle et irremplaçable, comme le sont de nombreux commerçants de la génération traction-avant, avait ignoré la douce clochette de la retraite, qui avait résonné depuis bien des années… Plus de quinze selon le boucher..., vingt affirmait le coiffeur.

Imperturbable au poids des années qui semblaient ne pas avoir d'emprise sur elle, se levant tous les jours aux aurores, mais se couchant avec les poules - elle adorait lire très tard dans son lit - fraîche comme un gardon du 1er janvier au 31 décembre, imperturbable aux ragots et aux conseils des femmes de son âge qui fréquentaient assidûment le club des anciens et les thés dansants, Suzon continuait à servir des petits canons de rouge à ses habitués et des menthes à l'eau aux enfants de touristes curieux de pénétrer dans un commerce que d'aucuns qualifiaient d'historique autant par sa décoration que par le caractère irascible, mais d'une droiture exemplaire, du propriétaire.

Toujours habillée en noir de la tête au pied depuis qu'elle avait retrouvé son mari pendu dans la cave un jour de Noël, un chignon strict tendait sa chevelure argentée sur son front ridé, rendant son visage anguleux encore plus sévère. Un nez à « la Cap Fréhel » et des oreilles en parabole de satellite retenaient fermement une paire de lunettes que certains affirmaient avoir déjà vue sur le nez de sa mère qui avait vécu, sans jamais voir consulté le médecin, jusque quatre-vingt-dix-neuf ans trois-quarts. Solide comme le porche de l'église de Plurien, elle était morte la veille de ses cent ans, à cause d'un chien qui l'avait renversée alors qu'elle revenait en vélomoteur de la pêche aux moules, un jour de marée d'équinoxe… Sans quoi elle vivrait encore la *mère duraille* comme on l'appelait…

* * *

Mais, allez-vous me dire, lecteur impatient, que se passait-il donc à Plurien cette année-là, justifiant l'écriture de ce roman ?

L'arrivée prochaine d'un nouveau personnage féminin, à la curiosité malsaine, ne va pas tarder à éclairer votre lanterne.

* * *

Une vieille femme toute rabougrie, traînant derrière elle un cabas à roulettes de couleur écossaise délavée, était venue ce matin-là – comme tous les autres d'ailleurs - chercher son exemplaire de *La Chronique de l'Ouest* son journal habituel, au bar *Chez Suzon*. Elle avait assisté à toute la scène précédente en silence, absorbant bien toutes les réflexions, puis soudain, levant le poing au ciel en signe de menaces, elle s'insurgea :

- Vous n'êtes que des mécréants et des langues de vipères… Toi plus que les autres, Célestin, tu devrais avoir honte d'insulter ton beau-frère en public…

- Mado, fit le *savant de Paris*, calmez-vous ! Vous allez nous faire une apoplexie.

- Abel Crubiet est bien plus honorable que vous... continua-t-elle imperturbable aux sarcasmes du parigot. Ce qui lui arrive vous dépasse tous, seuls des initiés peuvent comprendre... Moi je vous le dis, car je le sais, c'est un être maléfique qui lui a jeté un sort... Il y a des signes qui ne trompent pas… Au lieu de blasphémer comme des charretiers, vous devriez plutôt aller prier de temps en temps, ça ne vous ferait pas de mal... Croyez-moi !

Des rires gras explosèrent un peu partout et des croassements de grenouille de bénitier surgirent du gosier de Célestin qui, après s'être relevé avec bien des efforts, était revenu à la porte du bar, se frottant le fondement trempé et douloureux.

- Ca n'existe pas les *jeteurs de sorts* Mado... lança en riant un homme chauve d'une cinquantaine d'années, assis au fond de la salle, tout en pliant son exemplaire de *La Chronique de l'Ouest.*

Le silence se fit soudain dans le café, et toutes les têtes curieuses se tournèrent pour boire les paroles du notable qui venait de s'exprimer avec une voix claire et sûre.

- Tout finira par s'expliquer un jour mes amis, et le coupable de ces crimes lamentables sera puni, je vous le promets... continua-t-il en posant délicatement ses lunettes et en savourant l'intérêt de son auditoire captivé. Vous verrez que votre prétendu sorcier aura, ce jour là, moins de pouvoir que les gendarmes de Pléneuf...

- Vous êtes comme les autres Monsieur le maire, reprit la bigote, un incroyant, et vous me décevez... Monsieur le curé m'avait prévenu que vous n'étiez plus de notre côté... Le Malin a posé sa main sur notre commune, nous allons tous payer...

- Tous ces ragots ne font de bien à personne Mado, vous devriez faire attention à ce que vous dites dans des lieux publics... Croyez-moi, il y a assez des journalistes qui spéculent sur notre problème pour vendre leurs canards... Si cette prétendue histoire d'envoûtement dure trop longtemps, les médias nationaux vont s'en emparer, et nous faire une publicité déplorable pour la saison prochaine... Et puis franchement, on n'a pas besoin de cela à une semaine de l'inauguration de notre parc de loisirs...

- On va pouvoir y installer une maison hantée et déguiser Mado en sorcière... enchaîna Célestin en provoquant immédiatement un tonnerre d'hilarité.

Même le maire approuva la blague grasse de l'employé communal qui était aux anges devant le succès de sa sortie.

- Riez autant que vous voulez, mais moi je sais qu'Abel a été envoûté par un envoyé de Satan qui ne s'arrêtera pas là... Il y a des signes qui ne trompent pas... Le malheur nous guette tous... Même toi, Monsieur le maire ! persifla Mado en pointant un doigt menaçant sur le notable. Ce qui vient d'arriver n'était qu'un avertissement, le pire est à venir...

Et la femme, courbaturée par le poids des années et par celui de sa méchanceté, sortit du café sous les regards inquiets de quelques clients dubitatifs, qui se signèrent discrètement...

On ne sait jamais...

- Allons quoi les gars, lança le maire à la cantonade, vous n'allez pas donner du crédit aux idioties de cette vieille folle... Rappelez-vous, il a quelques années, elle nous avait prédit l'engloutissement de Sables-d'Or-les-Pins - *la cité de la débauche* comme elle l'appelle - pour le passage à l'an 2000... Allez ! je paye une tournée générale, mais, de grâce, reprenez vos esprits... On n'est plus au moyen-âge...

- Et les élections approchent... lança un petit malin accoudé près des pompes à bière, qui n'avait encore rien dit... Il ne reste que trois semaines et il y en a qui ont peur à leur place, n'est-ce pas ?

- Cette fois, si tu la veux Joseph, je te la laisse ma place de maire, ce n'est pas un rôle facile, crois-moi... Tous les ennuis me retombent dessus...

- Voilà bientôt soixante ans que vous dirigez la commune sans partage, vous les Grignonet... Ce n'est pas aujourd'hui qui faut venir te plaindre Gaston, personne ne t'a obligé à prendre la succession de ton père à la mairie... Mais voilà, tu pensais, comme bien d'autres, qu'elle faisait partie de ton héritage...

- J'ai été élu Joseph, tandis que toi..., tu récupère une bonne veste fourrée à chaque scrutin... Ce n'est pas à moi qu'il faut en vouloir si tu es mal vu de la population de Plurien...

- Je me demande si toute cette histoire n'est pas orchestrée par ton équipe de gros bras pour déstabiliser Abel Crubiet, car, si on réfléchit bien, il est le seul à pouvoir te ravir la place au prochain scrutin...

- C'est de la diffamation Joseph, tu vas trop loin... Tu as de la chance que je sois plus intelligent que toi, car je pourrais te traîner devant les tribunaux...

- Que ceux qui se sentent morveux se mouchent ! conclut Joseph en sortant du café avec l'air de celui qui a fait son petit effet.

Bref, on le voit par cette discussion houleuse, une semaine avant le week-end de la Pentecôte et à quelques jours des élections municipales, que Plurien était au bord de l'explosion... Une crise interne rendait la population nerveuse. On sentait qu'il se préparait quelque chose de grave... De mortel...

Alors que dans un cerveau humain, capable parfois du meilleur comme du pire, germait une idée lamentable qui allait bientôt donner la nausée à toute la région, nous allons tenter d'expliquer l'enchaînement des évènements malheureux qui étaient à l'origine de ces désordres publics.

* * *

Toute cette histoire étrange qui se nourrissait de son mystère et qui ne laissait personne indifférent - elle divisait même des familles - avait commencé dans les premiers jours du printemps, un dimanche matin brumeux, par une découverte macabre.

Une vingtaine de vaches du cheptel d'Abel Crubiet avait été saignée à blanc dans une pâture pendant la nuit, au hameau de Saint-Symphorien.

Dépêchés sur les lieux, les gendarmes de Pléneuf ouvrirent une enquête, mais elle n'aboutit à rien de bien satisfaisant pour la population. Au goût de certains, la maréchaussée conclut trop rapidement à un crime de rôdeurs isolés qui avaient agis sans réelle motivation, uniquement pour tuer et faire du mal.

Il n'en fallut pas plus à la vieille Madc, voyante et médium pour ses clients, folle et escroc pour les autres, pour lancer sa première rumeur sur un éventuel envoûtement, mais elle n'eut pas de prise sur la majorité de la population locale, encore cartésienne à cette époque.

L'affaire allait en rester là, quand, fin avril, à la Bouillie, les porcheries modernes du même Abel Crubiet, construites depuis peu malgré des manifestations musclées d'écologistes enragés à deux pas de la tour de la Ville Téhart, s'enflammèrent sans logique pendant la nuit.

Tout fut consumé en quelques minutes, ne laissant pas le temps aux secours de sauver des centaines de pauvres bêtes qui périrent carbonisées dans un enfer.

Ces malheureux cochons grillés vifs furent les premières victimes innocentes de cette lamentable histoire, qui n'allait pas tarder à franchir les frontières du Penthièvre et passionner la France entière, toujours avide de surnaturel.

Après l'incendie de la porcherie de la Bouillie, la brigade de gendarmerie de Pléneuf, sous les ordres de l'adjudant-chef Frouillard[1], reprit l'enquête avec des éléments nouveaux, mais elle piétina aussi lamentablement que sur l'affaire des vaches égorgées quelques jours auparavant.

Si le point de départ de l'incendie de La Bouillie fut rapidement localisé par les enquêteurs dans un petit chalet en bois attenant à la porcherie, et renfermant tout le système électronique pilotant de

---

[1] Lire *« Coup de Tabac sur le Cap. »*

façon autonome l'alimentation des animaux, les experts dépêchés sur les lieux ne relevèrent aucune anomalie dans l'installation électrique. Seule la présence d'une boule de matière plastique noircie et ratatinée au milieu de la pièce resta inexpliquée par les gendarmes. Mais elle fut très vite oubliée, trop vite peut-être, devant l'évidence de la thèse accidentelle. Après deux jours d'enquête, l'O.P.J. chargé de l'affaire conclut dans ces termes :

« (...) L'incendie de la porcherie du monsieur Abel Crubiet, sise à la Bouillie au lieu dit La Ville-Théart s'est déclaré seul dans le local aux ordinateurs, probablement à cause d'une surchauffe des appareils ; le petit chalet s'est rapidement enflammé, communiquant l'incendie à une remise de paille attenante ; par l'effet de surchauffe, la bombonne de gaz servant au système de chauffage des bâtiments a explosé, entraînant dans sa déflagration un violent souffle incandescent qui a embrasé immédiatement l'ensemble de la porcherie... » Tout cela, affirmèrent les experts, s'était déroulé en quelques minutes infernales…

Quant au lien probable entre les deux affaires, l'égorgement des vaches et l'incendie de la porcherie, puisque dans les deux cas Abel Crubiet était touché, il fut attribué au plus malheureux des hasards… Les gendarmes se refusèrent à rouvrir le dossier de Saint-Symphorien.

Après ces terribles épreuves vécues en l'espace de quelques semaines, Abel Crubiet semblait très choqué.

On le serait à moins…

L'agriculteur avait perdu une partie de son cheptel bovin et sa plus grande unité d'élevage porcin. Devant la catastrophe, il avait été obligé de licencier ses deux journaliers.

Bien sûr, les assurances allaient largement rembourser les dégâts matériels ; bien sûr, il allait reconstruire et rebondir, mais Abel avait un goût amer au fond de la gorge : il avait du mal à accepter la conclusion - trop hâtive à son goût - des gendarmes de Pléneuf, quant aux prétendus rôdeurs égorgeurs de vaches. Il n'y croyait pas. Les ficelles étaient trop grosses. Il restait persuadé que quelqu'un de motivé se cachait derrière ce crime. Il avait beau fouiller, l'éleveur ne voyait pas encore qui pouvait lui en vouloir à ce point.

On en était à ce point de cette lamentable affaire, quand, ce terrible dimanche matin de juin, Plurien allait se réveiller devant une vision d'horreur, qui allait à jamais marquer les esprits.

D'ailleurs, après tant d'années, personne n'a oublié, et on en parle encore dans les familles en évoquant « l'Affaire. »

Dimanche 8 juin

Ce dimanche matin là, une semaine avant le grand week-end de Pentecôte qui allait voir l'ouverture du parc de loisirs de Plurien, la famille Tarin avait décidé de musarder et de prendre le petit-déjeuner au lit. Une fois n'étant pas coutume, c'était la petite Marie-Rose qui avait proposé de faire le service de chambre dès la veille.

La courageuse gamine approchait tant bien que mal vers le lit de ses parents, avec un plateau aussi grand qu'elle, chargé en équilibre précaire.

- Viens doucement ma puce, tu renverses ! lança sa mère inquiète, en voyant quelques gouttes de café tomber sur la moquette.

- Ce n'est pas grave, on va nettoyer ! émergea une voix venue d'outre sommeil.

- Qui ça « on » ?

- « On », pronom indéfini, qui désigne une personne prise au hasard dans une foule…

- J'ai bien peur que, dans ce cas, Monsieur le professeur, le *on* désigne une fois de plus la femme de la maison, la bonne à tout faire, celle qui passe son temps à ranger les affaires que Monsieur effeuille un peu partout où il passe, et qui…

- Bon anniversaire ma chérie… coupa le dormeur en exhibant un petit paquet caché sous son oreiller.

- Oh ! Tu y as pensé Victor… Je t'aime…

Le lait de l'amour venait de passer par-dessus la casserole des petits riens de la vie conjugale et avait éteint le feu des reproches…

- Moi aussi maman, j'ai un cadeau pour toi… Bon anniversaire…

- Merci ma puce, mais donne-moi ton plateau… Doucement… Voilà, c'est bien…

Blanche ouvrit d'abord le paquet de sa fille et y découvrit un cendrier moderne fait main…, à la garderie de l'école. C'était une coquille d'ormeau collée sur un réservoir de stylo usagé, qui trouverait parfaitement sa place entre le porte-crayon en pot de yaourt de la fête des mères et le presse-papiers en argile décoré de la fête des pères.

Tous ces chefs-d'œuvre de l'art primaire - l'école, pas l'œuvre - qui semblent nés spontanément dans toutes les écoles de France et de Navarre, mériteraient d'être exposés dans un musée du *sadisme bimbelotier* des instituteurs envers les parents d'élèves… Que celui ou celle qui n'a jamais reçu un tel cadeau empoisonné lève la main…

Comme toutes les mamans, en maudissant silencieusement l'instituteur, Blanche remercia poliment sa fille, et la félicita hypocritement sur la beauté de l'œuvre d'art.

- Tu vas pouvoir le mettre sur la table du salon maman !

- Je n'avais pas vraiment pensé à cette place Marie-Rose, mais si tu y tiens, nous l'y poserons... répondit-elle en l'embrassant tendrement.

Quand Blanche découvrit le petit objet rond caché dans l'écrin offert par Victor, elle poussa un petit cri d'admiration. Elle n'était pas vraiment habituée à recevoir de présents de son compagnon, non pas qu'il négligeait sa compagne, mais plutôt qu'il n'y pensait pas. En bon Breton, Victor abandonnait toute la gestion des comptes à Blanche, et la laissait s'acheter ses cadeaux elle-même. C'était tellement plus simple.

Comme cela *il ne pouvait pas se tromper*.

Des fleurs, Blanche n'en avait reçu que deux fois : une rose, la première fois qu'il l'avait invitée au restaurant... c'est dire s'il y a bien longtemps ; la deuxième, une rose encore, le jour de la naissance de leur fille.

Pourtant, comme toutes les femmes, elle aurait bien aimé en recevoir de temps en temps, mais elle ne lui en voulait pas, car elle connaissait trop son Victor pour s'offusquer de si peu... Elle ne voulait pas le changer, il avait toujours été comme cela !

Ce matin, Blanche était particulièrement heureuse de l'initiative de Victor... Il avait gagné plusieurs points dans leur *amouromètre* personnel.

- Elle est magnifique Victor ! dit-elle en admirant sa main éclairée par un diamant monté sur une bague en or finement travaillée... Est-ce une demande en..., mariage ?

- Holà ! comme tu y vas, pas si vite... Je n'ai pas dit cela...

- Oh oui ! Marie-toi avec maman, s'il te plait ! Mon petit papa adoré... minauda Marie-Rose couchée entre ses parents et les prenant tous les deux par le cou pour les rapprocher...

- Tu vois, même ta fille adorée te le demande... Pourquoi lui refuser ce bonheur ?

- C'est un complot féminin visant à faire plier la volonté de l'homme de la maison. Je ne céderai pas à cette révolution intestine... Je reste fidèle à ma politique négationniste du mariage, et, je refuse aussi le *Pacs*...

Victor Tarin et Blanche vivaient en concubinage depuis toujours, lui par facilité, elle par obligation... Marie-Rose, leur petite fille, était née de leur amour qui n'avait encore jamais connu de faiblesse sérieuse. Blanche, qui rêvait d'un mariage en blanc, ne désespérait pas de faire son compagnon de vie changer d'avis, mais dans le fond d'elle-même, elle doutait parfois de sa réussite devant un Victor Tarin aussi borné qu'une vieille mule sénile.

- Alors ! Mon Victor adoré, reprit Blanche en le regardant au fond des yeux et en lui enlaçant langoureusement le cou, on se marie quand ?

- On en a déjà parlé si souvent Blanche, c'est encore trop tôt…

- Mais voilà plus de quinze ans que nous sommes ensemble ! hurla-t-elle.

- Sans se quitter, Blanche… sans se quitter .. alors qu'un couple marié sur trois divorce…

- Tu as toujours les mêmes arguments mon pauvre ami… Renouvelle toi un peu… Trouve moi une bonne raison de ne pas te marier avec moi, une seule et je te laisse tranquille pour le reste de tes jours…

- Les impôts !

- Laisse moi rire ! Avec ton salaire de moineau déplumé, tu n'en payes pas…

- Pourquoi tu ne veux pas te marier avec maman, tu ne lui fais pas confiance ? renchérit Marie-Rose en allumant la télévision pour voir les dessins-animés à la mode.

A ce moment là, le téléphone fit remarquer sa présence en entonnant sa chanson insistante.

- Ah ! Téléphone ! fit mine de s'excuser Victor en attrapant le combiné. Baisse le son de la télé Marie-Rose.

Il venait d'être sauvé par les télécoms, car il ne savait pas quoi répondre à la question pertinente de sa fille.

A l'autre bout de la ligne, c'était François Chalet le rédacteur en chef de l'agence lamballaise du journal *La Chronique de l'Ouest*, où travaillait Victor.

- Alors Tarin, pas encore au cimetière ? aboya Chalet dès qu'il reconnut la voix de son journaliste préféré.

- Au cimetière, mais quel cimetière ! s'étonna Victor, que veux-tu que j'aille faire dans un endroit pareil un dimanche matin, pour une fois que je fais la grâce matinée en famille.

- Laisse tomber la famille mon bonhomme et file au cimetière de Plurien, il paraît qu'il s'y est passé des horreurs cette nuit... Je viens d'entendre les infos sur *Radio France Armorique*...

- Tu peux être plus précis ?

- Non, le journaliste n'avait pas encore les détails, mais fonce... Je veux voir ton papier dans ma boîte à Email le plus vite possible.

Si François Chalet était le meilleur rédacteur en chef de *La Chronique de l'Ouest*, il était aussi un autoritaire à deux doigts de la retraite, qui ne laissait aucune concession à ses journalistes, quand un événement important se déroulait dans son secteur. Victor Tarin, qui aimait beaucoup son travail de journaliste, le savait. C'est pourquoi il jugea inutile de protester et décida de se lever immédiatement.

- Où vas-tu ?

- Le devoir m'appelle... fit dignement Victor, sais-tu où j'ai mis mon pantalon hier soir ?

- On devait passer la matinée tous les trois à lire au lit ! protesta Blanche. Il est là, sur la chaise.

- C'est mon travail, je dois y aller pour informer mes lecteurs... Cela ne va me prendre qu'une petite heure, ce n'est pas loin. Je serai de retour avant midi... Marie-Rose va prendre soin de toi... Mais où Diable ai-je encore mis mes godasses ?

- Elles sont restées en bas, près du canapé ! aboya Blanche, heureusement que tes jambes sont bien accrochées, sans quoi tu finirais cul de jatte...

Il embrassa les deux filles de sa vie, déçues de voir leur Victor adoré partir si vite au milieu d'une conversation qui promettait d'être enrichissante.

- On reprendra notre conversation quand tu reviendras Victor !

- Si tu veux, puisque je suis indispensable ! lança Victor depuis la salle de bain où il finissait de se brosser les dents. Sais-tu où j'ai mis mon appareil photos ?

Pour toute réponse, Blanche et Marie-Rose éclatèrent de rire et se recouvrirent avec le drap pour ne plus rien entendre.

Victor Tarin, correspondant à *La Chronique de l'Ouest*, le plus grand quotidien de Bretagne, engagea son vieux cabriolet sur la grande avenue de Sables d'Or les Pins et se dirigea vers Plurien en passant devant le camping qui venait d'ouvrir aux touristes. C'est à ce moment précis que sa voiture eut les premiers symptômes d'une maladie grave dont on reparlera plus loin : elle eut deux soubresauts.

La station balnéaire était désespérément déserte. Il faut dire que le temps n'aidait pas la situation.

La France grelottait.

Les touristes boudaient.

Les commerçants râlaient.

Bref, tout allait mal.

Seuls des courageux arpentaient la belle plage de sable fin, emmitouflés dans des vestes plus que doublées.

Un froid vif et sec, exceptionnel pour cette époque, qui avait blanchi l'herbe, avait aussi givré le pare-brise rayé de la voiture dont la capote, ajourée par endroits, laissait pénétrer la froidure sans remords.

- Il faudra bientôt songer à changer cette vieille compagne, dit amèrement Victor en frissonnant et en laissant échapper un nuage de brume.

Le journaliste poussa le chauffage au maximum, mais la ventilation poussive avait du mal à faire son travail de réconfort des troupes. Victor dut essuyer la buée plaquée sur son champ de vision avec le dos de sa main.

Le cabriolet..., son cabriolet..., il l'avait depuis de nombreuses années. Victor Tarin l'avait acheté d'occasion à un ami, collectionneur de vieilles voitures à Erquy, bien longtemps avant de connaître Blanche. Tous les deux, ils avaient vécu tant d'aventures, pas toujours avouables bien sûr, surtout quand il était célibataire, qu'ils auraient beaucoup de mal à se séparer sans déchirements. Pourtant, ce matin-là, la voiture qui avait eu beaucoup de mal à démarrer, à cause du froid sûrement, du-moins Victor l'espérait-il, peinait dans la côte de la rue du Lac. Même le poste de radio présentait des faiblesses et hachurait la musique.

Bien sûr, ce n'était pas le dernier modèle d'une grande marque avec tous les équipements électroniques à la mode, mais c'était plus qu'un véhicule. C'était pour lui un art de vivre, une manière de se différencier.

Il était très rare de voir Blanche à son bord, non pas qu'elle ne l'eût pas voulu, mais parce que l'espace vital y manquait. Il y avait tellement de papiers volants, de vieux journaux et de crayons hors service de toutes sortes à traîner sur le sol et sur les sièges des passagers, que trouver un emplacement libre pour poser, ne serait-ce que la moitié d'une fesse, eût été un exploit digne de figurer dans la rubrique « faits insolites » de la *Chronique de l'Ouest.* Heureusement pour son autonomie de mouvements, Blanche avait sa propre voiture, en meilleur état que celle de Victor.

En arrivant au carrefour de la salle des fêtes de Plurien, où un grand rond-point à l'anglaise avait été élevé en prévision d'une augmentation prochaine de la circulation, Victor ne put s'empêcher de jeter un œil approbateur sur le parc de loisirs.

Ce vaste projet très ambitieux du promoteur et visionnaire castin Guillaume la Hunaudaye, générateur d'emplois pour toute la région, faisait beaucoup d'envieux. Les gros travaux étaient entièrement terminés, mais, bien que l'on fût un dimanche, des ouvriers s'affairaient dans les structures et sur le parking pour assurer les finitions. Des coups de marteaux retentissaient, des scies crissaient et des perceuses vibraient sous les aboiements des chefs de chantier. L'inauguration était programmée pour la semaine suivante, le fameux week-end de Pentecôte.

Les cloches de l'église de Plurien avaient beau sonner pour appeler les ouailles à l'office, toute la population du village, réveillée comme un seul homme par la terrible nouvelle répandue dans les campagnes comme une marée noire sur le littoral, se précipitait vers le cimetière.

Tout le monde voulait voir de ses propres yeux, entendre de ses propres oreilles, bref…, savoir pour raconter aux absents.

Des voitures venues des quatre coins de la commune étaient garées des deux côtés de la rue du Lac, depuis l'église. Quant à la place du cimetière et au parking de la mairie, il était inutile de songer à y trouver le moindre emplacement libre.

Tandis que les langues, bonnes ou mauvaises, allaient bon train, des curieux se faisaient la courte échelle pour tenter de voler un regard malsain. Malheureusement pour eux, le périmètre du crime avait été dissimulé avec une bâche tendue entre le fourgon de la gendarmerie et celui de l'identité criminelle, tout exprès descendu de Saint-Brieuc avec une équipe de spécialistes habillés de blanc.

Un gendarme en faction arrêta Victor Tarin qui, après s'être garé devant l'Office de Tourisme, face au manoir de Montangué, à plusieurs centaines de mètres de là, appareils photos en bandoulière et carnet de notes à la main, s'apprêtait à entrer dans la nécropole d'un pas décidé. Tout ce mystère excitait son âme de journaliste et d'écrivain.

En plus de son travail de correspondant de presse à la *Chronique de l'Ouest*, Victor Tarin était l'auteur de nombreux romans policiers à succès.

- Alors Narcisse, lança Tarin au gendarme qu'il connaissait depuis longtemps, que se passe-t-il donc ?

- Une affaire lamentable mon pauvre Victor, une des tombes a été profanée cette nuit ! C'est Célestin Maunet, l'employé communal chargé du nettoyage des lieux qui a découvert l'horreur ce matin !... C'est affreux pour la famille...

- Tu connais le nom des malheureux ?

- Non !

- Je peux entrer ?

- En principe, je ne dois laisser personne, mais bon, la presse c'est différent... Ne touche à rien, et va voir l'adjudant-chef Frouillard, il est quelque part sur le site... Tiens ! Justement, le voilà qui arrive...

- Qu'est-ce que vous faites encore là Tarin ? intervint sèchement un homme à la musculature importante.

- Je viens au nom de mon journal adjudant-chef..., l'information..., vous comprenez ?

Bien sûr qu'il comprenait Frouillard.

Cet homme, droit et honnête, dirigeait la brigade de Pléneuf avec une main de fer, et une grande intelligence. Toujours prêt à arrondir les angles, il était intransigeant avec les fourbes et les menteurs. D'un abord froid, à la première parole il décourageait les nouveaux venus, mais il ne refusait jamais d'aider les journalistes honnêtes, et Victor Tarin était un de ceux là.

- Cette fois-ci Tarin, repris Frouillard en déplorant la coiffure négligée mais habituelle du jeune homme, l'affaire n'est pas jolie, c'est même abominable... C'est une chose que je n'aurais jamais pensé avoir à traiter dans notre région... Des salopards ont profané une tombe...

- On peut voir ?

- Il faut avoir le cœur bien accroché, c'est horrible...

Victor accompagna Frouillard qui souleva la bâche masquant et protégeant la scène du crime d'une contamination extérieure.

Des dizaines de gendarmes vêtus de blanc de la tête au pied s'affairaient dans le périmètre protégé, et s'occupaient du relevé *traces et indices* dans un silence assourdissant, chacun s'efforçant de respecter l'horreur qu'ils avaient devant les yeux. Les uns prenaient des photos, les autres ramassaient le moindre élément suspect, tout en prenant des notes techniques devant servir de base au travail des enquêteurs.

Au centre de toute cette agitation fébrile, c'était la consternation.

Une pierre tombale avait été retournée à l'aide d'un levier, puis la dalle du caveau avait été descellée. Cette dernière avait glissé dans le caveau, éventrant dans sa chute un cercueil noirci par le temps.

Devant cette vision macabre, Victor Tarin eut un haut le cœur. Il se retint in-extremis.

- C'est abominable ! fit-il en se masquant la bouche et le nez avec un mouchoir.

- Si j'attrape les fumiers qui ont osé faire une monstruosité pareille, croyez-moi Tarin, menaça le gendarme qui ne masquait pas son émotion, ils vont passer un sale quart d'heure... Ces types..., j'emploie le pluriel..., car je ne pense pas que ce soit l'œuvre d'un seul déséquilibré..., ne méritent même pas d'être traités en humains...

- Seuls des détraqués peuvent avoir le courage de s'attaquer à la mort... appuya Tarin au bord de l'évanouissement.

- Je dirais plutôt la lâcheté...

- Mais, s'étonna Victor en montrant l'inscription sur le tombeau, c'est la femme de...

- Eh oui Tarin ! encore cette histoire qui n'en fini pas de nous revenir en pleine figure... Les amateurs de sorcellerie en tout genre vont encore se déchaîner...

- Le mari a-t-il été prévenu de ce nouveau malheur ?

- Le maréchal des logis chef Jocelyne Malenfant, est partie le chercher, et c'est elle, mon meilleur officier de police judiciaire comme vous savez, qui va prendre la direction de cette enquête. C'est elle désormais, sous mon autorité bien sûr, qui vous communiquera les éléments de cette affaire délicate…

- Je me souviens bien d'elle, une sacré femme de caractère ! approuva Victor, elle avait particulièrement brillé dans l'affaire des contrebandiers du Cap-Fréhel[2].

Alors que le journaliste s'apprêtait à quitter la nécropole souillée, pour respirer un air moins lourd, une petite voiture stoppa en trombe devant le portail, et une jolie femme à la poitrine criante en sortit prestement.

- Alors Victor, il paraît que quelqu'un a déterré un macchabée sans autorisation !

- Tu pourrais avoir plus de respect Marie, c'est horrible, pense à la famille…

- Si on ne peut plus plaisanter avec les collègues, la concurrence va devenir triste…

- Il y a certaines choses qui ne supportent pas la bouffonnerie mademoiselle Balot, en particulier l'horreur qui est dissimulée là-bas, derrière la toile de la honte tendue dans ce cimetière.

- Houa ! Comment il parle le Victor Tarin… As-tu des infos de première fraîcheur à me donner pour mon canard ?

---

[2] Lire « *Coup de Tabac sur le Cap.* »

- Tu ne changeras jamais Marie ! Je ne suis pas payé pour faire ton job, j'ai assez du mien, va voir Frouillard, il va te dire ce que tu dois savoir…

Marie Balot, car c'était bien elle qui venait d'entrer en scène, était la plus sexy des journalistes bretonnes. Employée par le journal concurrent de celui de Victor, le *Courrier d'Armorique,* elle était aussi provocante dans sa tenue vestimentaire que dans ses articles… *Toujours faire court, aller droit au but !* Telle était sa devise dans tous les domaines.

La donzelle était redoutable, aussi bien pour les femmes de ses collègues, qui se méfiaient de son sex-appeal, que pour les gens qu'elle interrogeait, qui avaient peur de la mauvaise interprétation de leurs propos.

Marie Balot avait un petit faible pour Tarin, qu'elle rêvait de remettre dans son lit. Elle ne pouvait dire si c'était par amour ou par vengeance, car une idylle passionnée avait existé entre eux avant que Victor ne rencontre Blanche. Autant dire que Marie Balot détestait Blanche, qui, comme de juste, le lui rendait bien.

Autant Marie Balot était toujours tirée à quatre épingles à la dernière mode - la plus courte possible - autant Victor Tarin était négligent sur le plan vestimentaire. Rarement rasé et économisant la longévité de son peigne jusqu'au ridicule - au grand désespoir de sa belle-mère - il portait bien souvent ses jeans et ses chaussures jusqu'à la toile.

Des renforts de gendarmes étaient arrivés au cimetière de Plurien et commençaient à refouler les curieux qui étaient irrespectueusement grimpés sur le mur et même sur l'abri aux poubelles.

Certains, armés de caméscopes et d'appareils photos, commençaient à grogner et à se plaindre devant l'interdiction manu-militari d'aller se recueillir sur les tombes, mais ce n'était bien souvent qu'un prétexte pour pouvoir approcher, voir... et, intention malsaine : filmer !...

Surpris de voir son église désertée pour la grand-messe du dimanche matin, rapidement informé du malheur, le curé arriva avec son choriste et se dirigea vers la tombe profanée. Il se signa et récita une prière reprise respectueusement par une partie de l'assistance.

Le curé fut bientôt suivi de Gaston Grignonet, le maire de Plurien, qui affichait un air grave et inquiet... Il redoutait déjà les ravages que pourraient faire les suites médiatiques de cette triste affaire dans les rangs de ses concitoyens..., à quelques semaines des élections..., et à la veille de la saison touristique...

Il est vrai que l'affaire de Plurien commençait à grossir dans des proportions inquiétantes et qu'elle allait déborder du cadre local. Il ne fallait pas être médium pour deviner qu'elle allait entièrement occuper les esprits et faire exploser la tranquillité du village dans les heures à venir.

Mais les pauvres Pluriennais étaient loin de se douter que l'horreur allait continuer à frapper leur commune et laisser des traces indélébiles dans la mémoire collective, pour plusieurs générations.

Bientôt, une petite voiture de gendarmerie de marque française arriva avec beaucoup de difficultés devant le cimetière. Le portail grinçant de la nécropole s'ouvrit en grand et le véhicule pénétra dans le lieu saint en écrasant les gravillons de l'allée. Un long murmure de compassion accompagna l'arrivée d'Abel, le mari de la pauvre femme dont la tombe avait été profanée, assis à l'arrière du véhicule bleu.

- Je suis désolé Monsieur Crubiet, vint gauchement saluer Frouillard.

Le gendarme, qui ne savait pas quoi dire qui ne fût futile dans de telles circonstances, décida d'aller droit au but, devinant que rien ne pourrait atténuer la douleur qui devait brûler cet homme, meurtri jusqu'au plus profond de son âme.

- Je sais que ce que nous vous demandons est pénible, continua-t-il en lui prenant le bras pour le soutenir, mais cela est nécessaire pour notre enquête… Il faut venir reconnaître la tombe de votre femme…

Les deux hommes s'approchèrent du caveau éventré.

- C'est la loi ! finit par s'excuser le militaire.

Le pauvre Abel, qui marchait comme un automate vers l'horreur, ne répondit pas.

Le choc l'avait assommé.

Il avait la tête vide et devinait les paroles du gendarme à travers un brouillard épais.

Après s'être recueilli quelques instants devant la tombe outragée de sa femme, soutenu dans la douleur par le curé qui, comme toujours dans de telles circonstances, remplissait pleinement son rôle, Abel repris ses esprits et fut invité à s'asseoir dans le fourgon.

- Vous sentez-vous en état de répondre à quelques questions Monsieur Crubiet ? demanda l'adjudant-chef Frouillard.

- Je vous écoute ! répondit Abel en allumant machinalement sa pipe…

- Avez-vous une idée sur les auteurs de cette abomination ?

- Comment voulez-vous que je le sache ?

- Avec ce qui vous arrive depuis quelques semaines, il ne fait aucun doute que des gens vous en veulent…

- Je ne peux pas vous aider…

- Pourquoi ?
- Je ne sais rien !
- Vous ne savez rien, ou vous ne voulez pas nous le dire ?
- Qu'est-ce que cela change ?
- Tout Monsieur Crubiet ! Si vous avez des éléments... même des suppositions... il faut nous en informer. Ce n'est qu'avec votre aide que nous pourrons découvrir les coupables de cette horreur et les punir comme ils le méritent... Tout ce que vous nous cachez aide ces criminels... Ce n'est pas ce que vous voulez, n'est ce pas ?
- Je voudrais rentrer chez-moi, et rester seul ! Je ne sais plus trop où j'en suis...
- Bien sûr ! reprit Frouillard, mais laissez-moi vous présenter le maréchal des logis chef Jocelyne Malenfant, c'est l'officier de police judiciaire qui est chargé de cette enquête. Elle va revenir vous voir dans la soirée pour vous poser quelques questions, êtes-vous d'accord ?
- Elle me l'avait déjà proposé tout à l'heure, dans la voiture.

Vers midi, la population fut autorisée à circuler librement dans le cimetière. Un périmètre de sécurité, gardé par deux gendarmes, fut balisé autour de la tombe qui avait été dissimulée au public à l'aide de plusieurs bâches.

Il va sans dire que toutes les conversations cet après-midi là avaient le même sujet, et chacun y allait de son explication plus ou moins fantaisiste.

- C'est le Diable ! affirmait Mado.

- C'est politique ! assuraient les membres de l'opposition.

- C'est une affaire de famille ! chuchotaient les mégères.

Quand Victor Tarin revint chez lui dans la soirée de cet horrible dimanche, il avala un bon verre d'alcool pour faire passer l'odeur de mort qu'il croyait incrustée à tout jamais dans sa gorge, tellement elle avait été tenace toute la journée.

Après quelques explications laconiques données à Blanche sur ce qu'il avait lu dans le dossier de presse remis par la gendarmerie aux journalistes, le repas du soir se fit dans un lourd silence. Chacun essayait de trouver une explication logique à ce geste de dégénéré. Quand, arrivée au café, Blanche se décida à parler :

- Crois-tu que l'affaire des vaches et celle de la porcherie de la Bouillie soient liées à cette horreur ?

- Cela ne fait aucun doute... Abel Crubiet se trouve au centre des trois cas... Mais j'ai comme l'impression que ces crimes ne sont que des avertissements, pas une finalité...

- Explique-toi.

- Je ne pense pas que l'on ait égorgé ses vaches uniquement pour les tuer, mais plutôt pour dire : « attention, si tu ne fais pas telle ou telle chose, on ira plus loin. » Abel Crubiet n'a pas dû croire à cette menace, et l'incendie de la porcherie a été le deuxième avertissement, et aujourd'hui, à mon avis, on vient de subir le troisième... Reste à savoir combien d'avis ces tarés feront avant de passer à l'acte final !

- Quel acte final ?

- Je n'en sais rien Blanche, ce ne sont que des suppositions... Je me trompe peut-être sur toute la ligne, on a peut être en face de nous un fou qui prend son pied... Les trois crimes ont peut-être été commis par des gens différents... Tout est possible... Tout... Dans l'échelle de l'horreur, les idées humaines n'ont pas de limites...

- Je ne comprends pas.

- Moi non plus si cela peut te rassurer. Je vais mener ma propre enquête.

- Tu vas encore t'attirer des tas d'ennuis.

- Tu sais bien que j'aime ça, fit Victor en se levant pour aller rejoindre son ordinateur et terminer son papier. Plus je nage en eaux troubles, et plus je jouis... Demain on y verra plus clair...

Mais la commune de Plurien n'était pas au bout de ses peines, d'autres évènements encore plus graves allaient bientôt endeuiller une population déjà bien éprouvée.

Lundi 9 juin

Comme tous les matins, Victor Tarin ouvrit le journal et contrôla son article, pour voir si les maquettistes ou les monteurs ne lui avaient pas sucré des lignes. L'information n'étant pas banale, Victor avait eu droit à un titre en manchette sur trois colonnes, avec renvoi en page « Toutes Editions » :

Horreur et profanation au cimetière
L'affaire de Plurien est relancée

Il ne manquait pas une ligne à son texte, et trois bonnes photos, choisies par François Chalet son rédacteur en chef, accompagnaient l'article sur une demi-page.

- Bon travail ! pensa-t-il en trempant un croissant rassis dans son café trop sucré.

Le journaliste de la *Chronique de l'Ouest* avait eut bien du mal à trouver le sommeil. Il était bien décidé à mener l'enquête. Une bonne partie de cette nuit agitée, il avait tourné et retourné les éléments connus du public, et s'était convaincu de la bonne logique de sa supposition de la veille : Tous ces évènements tragiques n'étaient que des avertissements destinés à faire peur à quelqu'un !

Seulement voilà, à qui ?

A Abel Crubiet, cela tombait sous le sens ! Il était au centre des trois affaires : ses vaches avaient été égorgées, sa porcherie incendiée, et son caveau familial profané.

- Cela ne fait aucun doute, il est visé ! se dit Tarin en enfonçant des portes ouvertes.

Tout en se rasant succinctement, il reprit :

- Qui peut lui en vouloir à ce point ? Il doit bien en avoir une petite idée... Ou alors... Il va falloir que j'aille l'interroger pour en avoir le cœur net.

Avant de quitter sa maison qui dominait la plage de la station de Sables d'Or les Pins du côté du port Barrier, Victor alluma son ordinateur pour jeter un œil sur les messages électroniques. Comme d'habitude, sa boîte aux lettres virtuelle était remplie de publicité de mauvais goût, américaines pour la plupart. Rien de bien passionnant.

Ce matin là, le soleil brillait largement, laissant espérer l'arrivée prochaine de jours meilleurs, sauf pour son cabriolet qui éprouva quelques difficultés à démarrer.

Quand Victor arriva devant l'habitation privée d'Abel Crubiet, une des maisons neuves de la

Corne d'Or dominant la station et la Vallée de Diane, il eut la déception de voir qu'il n'était pas le seul à avoir envie d'interroger l'agriculteur, le fourgon de la gendarmerie était déjà là.

Jocelyne Malenfant était debout dans l'encadrement de la porte et s'apprêtait à quitter les lieux, son collègue attendait à la porte du véhicule militaire, un ordinateur portable à la main.

L'officier de police judiciaire Jocelyne Malenfant était une femme de tête, d'une stature imposante, mais d'allure élégante. Du haut de son mètre soixante, elle savait jouer de ses charmes féminins, mais ne s'en laissait pas compter par ses collègues masculins, pas toujours ravis d'être commandés par une femme.

Aînée d'une famille de huit enfants - tous des garçons sauf elle - Jocelyne avait dû se battre avec des hommes depuis sa plus tendre enfance pour se faire respecter. Fille d'une famille modeste du Berry qui s'était sacrifiée pour donner une situation honorable à toute sa progéniture, elle avait gravi les échelons de la hiérarchie militaire avec brio et était particulièrement bien notée par ses supérieurs.

L'adjudant chef Frouillard, qui voyait en elle un des meilleurs éléments de la brigade de Pléneuf, lui confiait sans hésiter les affaires un peu délicates. Autant dire que celle-ci l'était particulièrement..., délicate.

L'O.P.J. [3] marchait sur des œufs.

- Tiens ! fit Jocelyne en se retournant, voilà la presse qui vient aux nouvelles. J'espère que vous aurez plus de chance que nous.

- Vous n'avez rien de nouveau depuis hier soir ?

- Monsieur Crubiet a beau chercher, il ne voit pas qui peut lui en vouloir à ce point, mais si vous mettez le nez sur des éléments intéressants pouvant faire avancer l'enquête, n'oubliez pas de m'en faire part, je suis à votre service jour et nuit.

- Je n'y manquerai pas ! mentit Victor en frappant à la porte.

A quelques battements d'ailes de goélands de là, dans la cuisine de Gaston Grignonet, le maire de Plurien qui tenait un garage automobile face au camping municipal, se tenait une réunion importante, mais non-officielle. Seuls y avaient été invités les membres du conseil municipal faisant partie de la majorité et quelques sympathisants triés sur le volet. Il y avait ce matin-là des décisions politiques très importantes à prendre, et l'opposition n'avait pas besoin d'être au courant des tractations de dernières minutes – pour ne pas dire magouilles - en vue des prochaines élections.

---

[3] Officier de Police Judiciaire.

- Ne crois-tu pas Gaston que ce qui nous arrive va influencer les votes ? Il y a des bruits qui courent sur notre culpabilité…

- Nous avons les mains propres sur ce coup là mes amis, l'affaire du cimetière vient d'ailleurs… martela le maire, il faut nous serrer les coudes. La division serait la pire des stratégies.

- Qui alors ?

- Qui connaît suffisamment le cimetière pour pouvoir agir de nuit en toute tranquillité ? Qui possède les outils nécessaires ? interrogea le maire en se lissant le crane avec le creux de la main.

- Tu ne vas pas accuser Célestin Maunet ? C'est le beau-frère d'Abel… Oublierais-tu que c'est le caveau de sa sœur qui a été profané ?

- Célestin déteste Abel, c'est de notoriété publique, et sous l'emprise de l'alcool qui sait ce que cet imbécile de fossoyeur est capable de faire ! Rappelez-vous aux dernières élections les insultes sur le portail de l'église…

- On n'a jamais su qui les avait peintes !

- Je reste persuadé que c'était l'œuvre isolée de Célestin qui réglait des comptes avec son beau-frère… Je le connais suffisamment bien depuis sa plus tendre enfance… Il est capable du pire mes amis…

- Tu as raison Gaston, ce ne peut être que ce con le coupable de tous ces crimes, releva Raymond, un sympathisant rouge de colère, il faut le dénoncer…, il fait trop de mal à la population…

- Il nous déshonore aux yeux de nos voisins… appuya le maire, qui était particulièrement pointilleux sur l'image de sa commune… La profanation du cimetière et de la quiétude de nos morts est un acte odieux, qu'il faut punir à sa juste valeur…

- Prévenons les gendarmes ! s'enflamma l'assemblée.

- Doucement ! Ce n'est pas si simple mes amis, calma le maire. Pour accuser quelqu'un, il faut avoir des preuves solides, or… on n'en a pas…

- Quand on n'en a pas, on en fabrique !

- Il faut être plus fin que cela Raymond, la survie de notre groupe à la mairie en dépend. On a une bombe instable entre les mains… Elle peut exploser à la moindre maladresse.

- Alors il faut la faire péter dans l'autre camp !

- Non mes amis… Le mieux, pour l'intérêt de la commune, serait de la désamorcer en faisant arrêter le vrai coupable… Au lieu de chercher à exploiter politiquement cette tragédie, travaillons plutôt au meilleur moyen d'aider les gendarmes dans leur tâche délicate…

- Avec tout cette affaire, reprit Raymond, certains de nos concitoyens vont être attendris et la majorité de la population va plaindre Abel Crubiet… Notre adversaire politique va devenir un martyr, certains vont peut-être voter pour lui et sa liste..., par pitié..., et ça Gaston, ce serait une catastrophe... N'oublie pas qu'au dernier scrutin, le nombre de voix nous départageant tenait sur une queue de lançon... Si nos adversaires étaient à notre place, ils ne feraient pas autant de sentiments, tu es trop gentil monsieur le maire... Il ne nous reste plus que quelques jours avant les élections qui, d'ailleurs, d'après mes sondages, ne sont pas gagnées d'avance... Profitons de toute cette affaire tombée à pic pour enfoncer définitivement nos adversaires...

Celui qui venait de parler si durement, assis en face du maire, était Raymond Talouët. C'était un de ces enragés de la politique à la figure rougeaude, chef de l'escadron local des colleurs - et décolleurs - d'affiches. Ancien combattant et chef de section au parti depuis des lustres, il était prêt à toutes sortes de basses besognes pour assouvir son idéal, auquel il croyait dur comme fer. Malgré son allure pataude, il faisait plus de cent-vingt kilos pour seulement un mètre soixante-deux, il était d'une vivacité impressionnante et d'une intelligence diabolique. Ses adversaires politiques le redoutaient et se méfiaient de ses roublardises... Les autres évitaient de s'asseoir à côté de lui, car il émanait en permanence de son corps une odeur âcre, mélangeant la sueur, l'urine et les vêtements sales.

Taoulët fixa le maire avec ses deux petits yeux vicieux cachés derrière des lunettes à la mode des années cinquante, cherchant à deviner ses pensées. Il se racla bruyamment la gorge se gratta le dos de la main et se décida enfin à parler :

- Propageons une rumeur dans la commune... Ce ne serait pas la première fois, et ça marche toujours...

- Tu me fais peur Raymond avec tes idées fascistes, s'inquiéta le maire en faisant signe à sa femme de remplir les verres.

- Persuadons les électeurs qu'Abel Crubiet est à l'origine de tout ce qui lui arrive, juste pour attirer l'attention sur lui et se venger de ceux qui ont voté pour sa liste aux dernières élections...

- Ca ne marchera jamais ! lança un de ses sbires qui avalait ses paroles comme un chinchard gobant une fleurette de maquereau.

- Il ne faut jamais douter de la méchanceté humaine quand il s'agit de dire du mal de son voisin... reprit Raymond. Plus les ragots sont gros et gras et plus ils ont d'emprise sur la masse de la populace... Et puis, tout le monde veut mettre un nom sur ces abominations, non ?

- Oui ! Oui ! approuvèrent les conspirateurs.

- Alors, croyez-moi, plus cela sera surprenant et invraisemblable, et plus la nouvelle fera son chemin, se nourrissant elle-même, grossissant, jusqu'à ce que plus aucun doute n'existe... Et tous seront persuadés de la culpabilité d'Abel...

- Il va se faire arrêter ! reprit le maire, il se défendra et nous passerons pour des menteurs.

- Je ne dis pas qu'il faut accuser Crubiet d'avoir lui-même fait cette horreur, mais seulement qu'il en est à l'origine... Qui nous empêche d'accuser Célestin Maunet, puisque ce ne peut-être que lui le vrai coupable, d'être l'homme de main d'Abel, après-tout, ils sont de la même famille, de la même clique...

- Ils ne peuvent pas se voir !

- Ils ont pu se réconcilier... disons... pour l'argent... Abel est plein de fric alors que Célestin est raide, toujours aux abois !

- Mes amis, reprit le maire, je suis totalement opposé à ce projet abominable, digne d'une dictature en soldes. Nous savons qui est le coupable des crimes qui salissent Plurien, et je ne permettrais jamais à quiconque d'employer de telles méthodes fascistes, même à quelques jours des élections, pour éliminer un adversaire politique... S'il faut me battre avec Abel sur mes idées ou mes projets d'avenir en vue du développement de notre commune, je le ferai, mais au grand jour, en réunion publique. Les votants trancheront dans l'isoloir.

- Trop incertain, il y a trop de nouveaux habitants dont on ne connaît pas la tendance politique...

Depuis que certains de nos amis, qui votaient pour nous sans se poser de questions, ont été obligés de s'inscrire dans la commune où ils habitent au jour du scrutin, un grand doute demeure quant au nombre de nos sympathisants… On n'est malheureusement pas sûr de gagner cette fois-ci !

- C'est ça la démocratie Raymond ! termina le maire. Il faut accepter la loi des urnes ou renoncer à la politique…

Quand Victor Tarin pénétra dans la maison d'Abel Crubiet, un sentiment de gêne lui glaça les os. C'était la première fois qu'il ressentait un tel trouble en menant une enquête pour son journal. Mais il est vrai que les évènements n'étaient pas banals.

Solitaire, l'air abattu, Abel était assis dans sa cuisine devant un portrait de son épouse.

- Ils me l'ont tuée une deuxième fois ! fit-il en saluant le journaliste.

L'intérieur de la maison Crubiet était banal, le luxe n'y était pas présent de façon ostentatoire. Une table, quatre chaises, un buffet, un réchaud à gaz et un évier en aluminium composaient le mobilier de la cuisine, dont les murs avaient été laissés sur le plâtre.

- Si je tenais le fumier qui a osé faire ça, je lui couperais les couilles.

- Vous n'avez aucune idée sur son identité ?

- Qui êtes-vous ?

- Victor Tarin, journaliste à *La Chronique de l'Ouest.* Si vous l'acceptez, et si vous vous en sentez capable bien sûr, j'aimerais vous poser quelques questions !

- Les gendarmes sortent d'ici à l'instant, je ne peux que vous répéter ce que je leur ai dit.

- Cela me suffira ! mentit Victor pour encourager son interlocuteur.

- La gendarmette m'a demandé si je me connaissais des ennemis… Mais qui n'en a pas ? Hein ! Je vous le demande ?

- Et vous en avez ?

- Bien sûr !… Comme vous !

- Qui ?

- Mais tous ceux qui sont jaloux de ma réussite, tous ceux qui ne veulent pas me voir maire, est-ce que je sais moi… Ca fait plus de la moitié de la commune…

- Avez-vous reçu des intimidations ces derniers jours ?

- Vous êtes naïf ou quoi ? Quelques semaines avant des élections municipales, les candidats reçoivent toujours des tas de coups de téléphone…, anonymes bien sûr…, la nuit surtout…

- Avec les procédés modernes, on peut connaître le numéro du correspondant !

- Ils sont assez malins d'appeler depuis des cabines téléphoniques ou de s'arranger pour masquer le numéro appelant… Mais j'ai l'habitude… Depuis le temps, je n'y fais plus de cas… Je mets bien souvent mon répondeur en route, alors ils se cassent le nez…

- Que vous disent-ils ?

- Les correspondants anonymes, en période électorale, menacent souvent de mettre le feu, de tuer les animaux, de vous dénoncer aux services fiscaux, ou bien de faire ressortir de vieilles affaires… Ces lâches ne sont pas assez courageux pour s'attaquer directement aux hommes…

- Vous n'avez pas porté plainte ?

- On n'en finirait pas… Ce sont bien souvent des menaces en l'air de politiciens enragés qui n'aboutissent jamais… Leur ardeur retombe comme une soupe de lait, ils cherchent seulement à faire peur… Mais avec moi, cela ne marche pas, je fais de la politique depuis plus de quarante ans, et je connais bien les méthodes d'intimidations employées par les différents partis… Je suis de la race des ânes Monsieur Tarin, plus on veut me faire reculer et plus j'avance…

- Un peu comme moi… Avez-vous reçu des appels vous menaçant physiquement ?

- Si vous voulez savoir si quelqu'un m'a prévenu qu'il allait commettre l'horreur du cimetière, la réponse est non…

- Pensez-vous que ces crimes soient liés à la campagne pour les élections municipales ?

- C'est possible !
- Vous allez maintenir votre candidature ?
- Plus que jamais.
- Qui est ce jeune homme auprès de votre femme, sur la photo ?
- Fred, notre fils unique.
- Que fait-il ?
- Il a quitté la maison quelques jours après l'enterrement de sa mère, et depuis, je ne l'ai jamais revu physiquement.
- Que voulez-vous dire ?
- J'ai eu des nouvelles de lui l'an dernier, par le journal. Il a été condamné à quelques mois de prison par le tribunal de Saint-Brieuc, pour pêche illégale de coquilles Saint-Jacques et d'ormeaux... Je sais qu'il est de nouveau libre depuis le mois de janvier, mais je ne sais pas où il habite...
- Pourquoi est-il parti de la maison ?
- Il a voulu me faire vendre la ferme pour obtenir sa part de l'héritage... Il rêvait de s'enfuir en Californie pour ne plus jamais remettre les pieds en France... J'ai essayé de lui faire changer d'avis, mais il était comme fou... On s'est disputé jusqu'à en venir aux mains... Mon bras en garde les traces, regardez...

Une large cicatrice, douloureux souvenir de la lame tranchante d'un cutter, partageait un tatouage militaire sur son biceps.

- La suite, monsieur Tarin, vous la devinerez facilement… Quand un fils se bat avec son père jusqu'au sang, il ne reste pas beaucoup d'alternative pour envisager sereinement l'avenir…

Victor griffonna des notes sur son carnet et barra certains points qu'il devait évoquer. Il en restait un, qui l'avait taraudé toute la nuit.

- Que pensez-vous de… Célestin Maunet ?

- Drôle de bonhomme !

- C'est votre beau-frère ?

- J'ai épousé sa sœur, si c'est ce que vous voulez dire ! Cette union m'a imposé sa présence au sein de ma famille.

- Vous ne l'aimez pas beaucoup ?

- C'est un parasite qui nous a pourri la vie.

- Votre femme n'aimait pas son frère ?

- Elle le subissait… Une sœur ne peut pas laisser son frère crever de faim, alors ce bon à rien en profitait… Il était toujours arrivé ici pour lui demander de l'argent… pour boire…

- Elle lui en donnait ?

- La pauvre Francine avait le cœur sur la main…

- Comment est-elle morte ?

- Elle a été assassinée il y a neuf ans dans la Vallée de Diane… Et lui, ce pique-assiette, ce fainéant…, s'énerva Abel Crubiet, il est toujours là à baver… Nom de Dieu, que la vie est mal faite… Ils étaient si différents… Francine était belle, gentille, courageuse… Mais, vous n'étiez pas au courant vous, un journaliste ?

Cette affaire qui avait occupé la population de longues semaines au moment des faits, avait défrayé la chronique locale quelques mois avant que Victor rencontre Blanche et revienne habiter dans la maison familiale de Sables d'Or les Pins, c'est pourquoi il la découvrait.

Le corps de Francine Crubiet avait été retrouvé par un groupe de randonneurs sur le côté du Théâtre de Verdure, près de la porte grillagée. Elle avait été assassinée sur place, d'une balle de revolver en pleine tête.

- Qui est le meurtrier de votre femme ? reprit Victor.

- On ne l'a jamais retrouvé ! Pourtant je ne désespère pas de faire la peau à ce bandit, un jour ou l'autre... La gendarmerie porta immédiatement ses soupçons sur un de ces amants d'un jour qui arpentent les plages ou les terrasses de cafés à la recherche d'une proie facile. On était en été, et les suspects étaient trop nombreux pour aboutir facilement. Les enquêteurs ne trouvèrent aucun témoin, et l'arme du crime avait disparu dans la nature. L'enquête piétina rapidement, on passa à autre chose… et la population oublia… sauf moi…

- Savez-vous si votre beau-frère a gardé des relations avec votre fils ? reprit Victor Tarin après avoir lu un article du journal de l'époque, qu'Abel lui avait tendu.

- C'est bizarre que vous me demandiez cela, je me suis souvent posé la question... Ils se ressemblent tellement tous les deux...

En reprenant le chemin de sa villa pour y travailler à son article du lendemain, Victor Tarin se rendait compte qu'il n'était pas plus avancé sur l'affaire de la profanation après avoir rencontré Abel Crubiet. Il se demandait même si les conclusions de l'enquête de gendarmerie, parlant d'un crime de rôdeurs pour les vaches égorgées de Saint-Symphorien et d'un incendie accidentel pour la porcherie de la Bouillie, n'étaient pas les plus plausibles des solutions.

Son portable sonna.

C'était Blanche.

- Le secrétariat de Guillaume la Hunaudaye vient d'appeler, il m'a confirmé l'heure de sa conférence de presse pour cet après-midi.

- Qui est ce mec ?

- Le promoteur du parc de loisirs, tu avais pris rendez-vous avec lui pour faire un papier sur l'inauguration de dimanche prochain. Tu es encore dans la lune mon pauvre Victor.

- Avec tous ces évènements, je l'avais oublié celui-là !

- Comme beaucoup de choses Victor, un jour il va falloir que je…

Une zone d'ombre, face aux Arcades coupa net la communication.

L'heure de l'apéro avait sonné à Plurien. Le bar à Suzon se remplissait petit à petit, et les conversations allaient bon train. Apparemment, contre l'avis du maire, Raymond Talouët avait commencé avec succès son travail de lâche et la rumeur faisait son nid à la vitesse d'une vague de marée d'équinoxe sur la plage, contaminant tout ce qu'elle touchait.

- Vous connaissez la nouvelle ? lançait l'un.

- Oui, je m'en doutais un peu, ils ne sont pas clair dans cette famille !

- Vous ne croyez pas que vous allez un peu vite ? osa avancer un conseiller de l'opposition.

- On voit bien que tu marches pour Crubiet toi, tu devrais avoir honte de suivre un conspirateur criminel… avança Bébert, l'ex-employé du métropolitain.

- Sois poli le *savant de Paris*, ou je te fais une gueule en forme de Tour Eifel…

- Oh là messieurs ! s'interposa Suzon les deux mains sur les hanches pour s'élargir encore plus, calmez-vous ou bien sortez de chez moi… Vous

vous expliquerez avec votre bulletin de vote, mais pas ici…

A ce moment-là, on entendit rouler la brouette-poubelle du fossoyeur qui arrivait avaler ses six ou sept apéritifs quotidiens.

Quand Célestin pénétra dans le bar en claudiquant, un silence pesant se fit et tous les regards se tournèrent vers lui…, inquisiteurs...

Il n'était au courant de rien.

- Salut la compagnie ! Le temps s'est réchauffé, y fera beau pour la Pentecôte… Qui paye sa tournée ?

Pas de réponse.

- Eh ben alors quoi les gars ? tenta Célestin en se grattant nerveusement la nuque, ce qui faisait faire des allers et retours comiques à sa casquette.

Nouveau silence.

- Y'a quelqu'un de mort ? tenta de nouveau le fossoyeur.

- Toi ! lança le *savant de Paris*, on sait qu'avec ton beau-frère vous êtes à l'origine de toutes ces saletés qui déshonorent notre commune, il va falloir payer mon coco…

- Oui ! Oui ! En prison l'assassin ! approuvèrent les autres.

- M… mais vous êtes de… de… devenus fous ma parole, qui… qui vous a mis une i… idée pareille dans le ci… ciboulot.

- La mère Mado t'a vu du côté du cimetière hier soir !

- C'est une vieille folle, et puis elle est plus bi... bigleuse qu'une taupe b... b... borgne... ce n'était pas moi, répondit nerveusement Célestin en trifouillant ses poches.

Il cherchait son briquet tempête pour rallumer son éternel mégot de cigarette calé sur sa lèvre inférieure. Il ne le trouva pas, et en fut encore plus perturbé. C'était le seul objet auquel il était attaché... Un souvenir de son vieux père...

- Y'a pas trente-six boiteux dans la commune, d'ailleurs si on compte bien, il n'y en a qu'un : *hale la patte.* Alors si Mado a vu entrer un bancal qui tirait la patte, qui ça peut-être à ton avis ?

- Un qui m'imi... mi... mitait... bégaya Célestin qui perdait sa contenance... Pour m'a... accuser... Peut-être bien toi le Pa... parisien, t'as déjà failli faire de de la pri... prison non ? Y pa... paraît que c'est toi qu'avait volé les bo... bons du trésor à ta tante pour pay.. payer ta baba... baraque ?

- Espèce de vaurien, je vais t'apprendre à raconter des mensonges, hurla Bébert en se jetant sur Célestin.

Surpris de la réaction de son adversaire, l'employé communal tomba à la renverse sur le seuil de la porte... Sa tête heurta violemment le sol et il resta inanimé... Du sang maculait l'arrière de sa casquette.

- Vous l'avez tué, s'alarma *chausse doris*, il faut appeler un médecin vite.

Le futur parc de loisirs de la côte de Penthièvre s'étendait sur plusieurs hectares à l'entrée de Plurien, face à la salle des fêtes, un des nouveaux lieux stratégiques et commerciaux de la commune. L'idée de cet établissement était née dans le cerveau de Guillaume la Hunaudaye, un riche promoteur castin déjà à l'origine du golf d'Erquy.

Guillaume la Hunaudaye avait proposé son projet fou à la mairie de Plurien, qui, consciente de la retombée commerciale que pourrait lui donner un tel programme créateur d'emplois, surtout en période estivale, mit toutes les chances du côté du visionnaire. Un terrain fut rapidement proposé à un prix très attractif, et des aides financières et fiscales substantielles furent votées par tous les organismes compétents.

Les seuls vrais opposants au projet furent les membres de l'opposition municipale, Abel Crubiet en tête, qui voyait d'un mauvais œil certains de ses terrains cultivables transformés en terrain de jeu pour touristes. Pourtant, le projet était grandiose, ambitieux et enrichissant pour toute la région.

Des manifestations parfois violentes furent organisées à Saint-Brieuc devant la préfecture, pour tenter de faire fermer les robinets à capitaux des administrations, mais rien n'y fit. Alors, en dernier recours, comme le soubresaut d'une bête agonisante. Abel Crubiet et ses sbires tentèrent un coup d'éclat en bloquant le chantier pendant plus de trois semaines... Les opposants se relayaient sur le site, mangeant et dormant sur place... La lassitude et une charge policière vinrent à bout des derniers dinosaures, et le travail reprit...

Ce lundi 9 juin, à quelques jours de son inauguration officielle, *« Le Parc Penthièvre »,* car c'était son nom de baptême, avait fière allure, et on lui prédisait un bel avenir. Des dizaines d'emplois avaient été créés, mêmes dans les familles des opposants les plus durs, qui, au grand dam d'Abel Crubiet, avaient rapidement tourné leur veste devant une si belle carotte bien enveloppée.

On avait creusé sur le site une piscine avec tous les équipements ludiques modernes, toboggans, tubes aquatiques... On avait monté toutes sortes de manèges plus impressionnants les uns que les autres, construit une salle de spectacle avec cinéma, sans oublier un restaurant précédé de son incontournable boutique de souvenirs.

Victor Tarin réajusta son tee-shirt estampillé d'une grande marque à la mode, tenta inutilement de recoiffer une mèche rebelle et poussa la porte du bureau de Guillaume la Hunaudaye qui semblait aux anges. Le créateur voyait enfin le bout de son rêve se concrétiser.

- Entrez ! Entrez ! Monsieur Tarin, soyez le bienvenu ! On n'attendait plus que vous pour faire le tour du propriétaire…

- Que moi ! s'étonna Victor.

- Coucou Victor ! lança une voix enfoncée dans un moelleux fauteuil.

- Votre charmante collègue du *Courrier d'Armorique* est arrivée depuis quelques minutes.

- Nous avons déjà fait connaissance Guillaume et moi ! reprit Marie Balot en croisant et décroisant ses jolies jambes de façon obscène, c'est un homme éblouissant… un génie… un adorable génie d'ailleurs ! minauda-t-elle en décrochant à Victor un sourire signifiant : *si toi tu ne veux pas de moi, lui ne dira peut-être pas la même chose…*

- Bien, si nous allions droit au but maintenant, enchaîna le promoteur, car je n'ai pas trop de temps à vous consacrer… Je dois partir pour Rennes immédiatement, j'ai un « *trois minutes* » à enregistrer pour le *19h00* de *France 3 Ouest…*

- Comment allons-nous travailler si on ne peut pas vous interviewer ? rétorqua Victor en sortant son carnet de notes.

- Je vais vous remettre un dossier de presse très complet à chacun, et je vous autorise à faire toutes les photos que vous voudrez dans l'enceinte du parc…

- Merci de nous autoriser à photographier ce qui a été fait avec de l'argent public à plus de quatre-vingts pour cent, Monsieur…

- Ne sois pas amer Victor, détends-toi, nous allons passer l'après-midi tous les deux, comme des amoureux…

- Vous pourrez même tester les attractions si vous le désirez ! J'ai donné des instructions à tous les employés…

- Tu te rends compte Victor ? Une fête foraine pour nous deux… On va pouvoir en faire des choses… J'adore les sensations fortes…

- Oui, eh bien ! Ne rêve pas trop, j'ai passé l'âge de flirter sur les chevaux de bois.

- Je vous laisse à vos problèmes, coupa la Hunaudaye, voici des invitations personnelles pour l'inauguration de dimanche.

- J'aimerais vous poser une dernière question !

- Faites vite Monsieur Tarin !

- Que pensez-vous des affaires qui secouent en ce moment la commune de Plurien ?

- C'est curieux, je m'attendais à votre demande mais, au risque de heurter votre conscience, tout n'est pas négatif dans cette affaire.

- Je ne vous comprends pas.

- Ma franchise ne va pas vous plaire, mais je n'ai pas l'habitude de parler avec la langue de bois.

- C'est aussi ce que je préfère.

- Dire ce que l'on pense est malheureusement mal vu de nos jours... Nous sommes dans la génération du politiquement correct.

- Après ce que j'ai vu dans le cimetière hier matin, dit Victor, plus rien ne peut plus me choquer Monsieur la Hunaudaye...

- Si on parle tant du mystère de Plurien dans tous les journaux, même les nationaux..., vous y êtes un peu pour quelque chose, non ? Monsieur Tarin.

- Je ne fais que mon travail de journaliste.

- Certes ! Et je vous en remercie. Mais le grand public, vous le savez bien, aime à se faire peur et à connaître les choses malsaines... Nous sommes tous des *voyeurs*. Beaucoup vont venir sur les lieux du crime en famille, je suis sûr que le prochain week-end de Pentecôte sera un des plus fréquentés de l'année... Et tout ça, vous en conviendrez, c'est bon pour notre parc d'attractions.

- Vous êtes cynique !

- Je vous avais bien dit que vous seriez scandalisé par ma franchise. Dans les affaires, il faut savoir tout mettre à profit Monsieur Tarin, les bonnes comme les mauvaises choses... S'il y a des clients potentiels à se promener dans les rues, quels que soient les motifs de leur venue, les bons commerçants sortent leur marchandise. Les cafés du bourg resteront ouverts. Non ? Alors, en quoi mon commerce est-il différent du leur ?

- Avez-vous de bons rapports avec Abel Crubiet ? coupa Tarin excédé par les propos insolents du promoteur.

- Après tous les bâtons que ce type m'a mis dans les jambes pour faire capoter mon projet, je serais un fourbe si je vous disais que je l'aime bien.

- Il vous a fait beaucoup de mal ?

- Il m'a fait perdre beaucoup d'argent en retardant les travaux.

- Maintenant, c'est fini ?

- Je n'aurais un parking décent que lorsqu'il m'aura vendu son terrain, mais ce type est têtu comme un ordinateur planté… Je donnerais n'importe quoi pour le faire changer d'avis… J'en ai vraiment besoin pour me développer.

Une chose était sûre, la tête de Célestin était plus solide que les verres à vin rouge de Suzon. Le fossoyeur en était quitte pour une énorme bosse derrière la tête et un gros bleu sur les fesses… Encore un…

Solide comme un roc, l'air dédaigneux, il reprit sa brouette-poubelle dès l'après-midi, et, balai sur l'épaule, il retourna vers le cimetière.

Le fourgon de gendarmerie était garé devant le portail, et ses occupants étaient toujours de garde autour de la tombe profanée masquée au public.

- Monsieur Célestin Maunet, lança l'officier de police judiciaire, vous tombez bien, je voulais vous poser quelques questions.

- A moi ? Mais, pou… pourquoi ? bégaya Célestin qui lâcha les brancards de son véhicule, je…, je n'ai… n'ai… rien fait de mal.

Célestin n'avait jamais été à l'aise devant les filles…, encore moins devant les gendarmes. Alors devant un *poulet en jupon*, comme il disait, imaginez son trouble.

- Calmez-vous monsieur ! Je voulais simplement vous montrer quelque chose, tenta de rassurer Jocelyne Malenfant.

- Quoi ? répondit Célestin en se grattant la nuque tout en fixant le sol.

- Savez-vous ce qu'est cet objet ?

L'O.P.J. tenait un petit sac en plastique dans lequel se trouvait un vieux briquet tempête.

Le fossoyeur pâlit et sentit sa bonne jambe céder sous lui. Un goût amer lui glaça le sang et il s'entendit répondre dans une demi-conscience :

- C'est… c'est… à moi. C'est… le mien… c'est mon bri… briquet…. Il était à mon père… Où l'avez-vous trouvé ?

- Dans le cercueil défoncé…

- Ah !

- Vous pouvez m'expliquer sa présence dans un tel endroit.

- Je... je... je l'avais perdu ! Oui c'est ça.., je l'avais perdu... Il a dû... il a dû tom... tomber de ma poche, oui c'est sûrement ça... de ma poche.

- Comment avez-vous pu le perdre dans un tel endroit ?

- Je... je n'en sais rien moi, je... je l'ai perdu... c'est tout... Peut-être di... dimanche matin quand j'ai découvert le massacre ?

- Vous êtes descendu dans le caveau alors ?

- Oui... Non... Oh ! Je ne sais plus... Vous m'embrouillez avec toutes vos que... questions de gendarmes... rendez-moi mon briquet, je le tiens de mon père... Il est à moi...

Et Célestin tenta de reprendre d'autorité l'objet des mains de Jocelyne, qui commençait à douter des réponses hésitantes du fossoyeur.

- Monsieur Maunet, reprit-elle, voulez-vous bien reprendre vos esprits, et me remontrer dans le détail tous les gestes que vous avez faits dimanche, quand vous avez découvert la profanation... Dans votre intérêt et dans celui de la vérité, n'oubliez rien.

- Comment ça ! Dans mon intérêt ? Vous m'a... m'accusez ?

- Pour l'instant, contentez-vous de répondre à mes questions avec coopération, où je vous emmène à la brigade.

Impressionné par le ton militaire employé par l'officier de police judiciaire Jocelyne Malenfant, et intimidé devant la femme, l'employé communal s'exécuta et rejoua la scène.

Célestin entra dans le cimetière en claudiquant et se dirigea vers le calvaire central, où il avait l'habitude de se reposer un instant, pour griller sa première cigarette.

- A ce moment-là, vous aviez encore votre briquet ?

- Euh ! Oui, puis-ce que je fais ça tous... tous les matins. Autrement, je m'en serais rendu compte...

- Bien, continuez, fit l'O.P.J. en prenant des notes.

Un autre gendarme prenait des photos de tous les gestes de Célestin.

Le fossoyeur se releva, remit son balai sur l'épaule et jeta un regard circulaire dans toute la nécropole, avant de dire en se grattant la nuque :

- C'est à ce moment là que j'ai vu qu'il y avait quelque chose d'a... d'anormal par là-bas...

Il montrait la tombe voilée par des bâches en plastique.

- Qu'avez-vous fait ?

- Ben..., j'y suis allé !

- Alors allez-y ! ordonna Jocelyne.

Célestin fit craquer les graviers sous ses pieds, et stoppa net à un mètre de la tombe profanée.

- Vous êtes vous arrêté à cet endroit ?

- Quand j'ai vu que c'était la tombe de ma sœur, je... je ne pouvais plus avancer... J'étais comme pa... paralysé nom de Dieu, mes gui... guiboles ne répondaient plus... Alors j'ai fait demi-tour et je suis allé té... téléphoner au maire.

- Donc, vous ne pouvez pas expliquer la présence de votre briquet dans le cercueil profané ?

- Alors là, je... je ne comprends pas ce qu'il pouvait faire là, répondit Célestin en se grattant nerveusement la nuque.

Il reprit en sanglotant :

- Ce n'est pas moi, je vous le jure... J'aimais trop Fra... Francine... Francine, aide-moi... implora Célestin en tombant à genoux. Dis-leur toi, que je n'ai rien fait de mal... Tout ce que je fais, c'est pour ton bien... Pour retrouver ton assassin... Ce salopard...

- Il va falloir venir avec nous à la brigade, Monsieur Maunet... reprit Jocelyne Malenfant en lui prenant le bras pour l'aider à se relever. Nous y serons mieux pour y éclaircir certains points...

Il était trop lourd, elle fit signe à son collègue de venir lui prêter main forte.

- Pourquoi ? fit-il entre deux reniflements.

- A partir de cet instant, vous êtes en garde à vue... Tant que nous n'aurons pas trouvé une explication logique à la présence insolite de votre briquet sur les lieux de la profanation.

- Je n'ai rien fait madame, je vous le jure, c'est une ma… machination pour me faire porter le cha… chapeau une fois de plus… Mais vous ne m'aurez pas…

Célestin tenta l'impossible.

Dans un accès de folie, il se releva d'un bond et tenta de se sauver en courant. L'espace d'un instant, il oublia son infirmité, et sa cavale ne dura que quelques pitoyables secondes.

Menotté, et humilié, le technicien de surface passa dans le bourg, assis à l'arrière du *panier à salades*. Des enfants qui le reconnurent, lancèrent des petits cailloux sur la vitre, et lui crièrent, avant de se sauver en courant :

- Assassin *Hale la patte* ! Assassin !

- Je n'ai rien fait de mal ! criait inutilement Célestin à travers les vitres du fourgon de la honte.

Dans la soirée, Victor Tarin partit pour les locaux de la brigade de Pléneuf, où il obtint quelques informations fraîches pour construire son article du lendemain.

Aux gendarmes, qui l'avaient interrogé sans relâche tout l'après-midi, Célestin n'expliquait toujours pas ce que son briquet faisait dans le cercueil et jurait tous les diables que quelqu'un de mal intentionné l'y avait mis pour lui porter préjudice.

Dans l'arrière boutique du garage Gaston Grignonet, le maire et son équipe politique savouraient l'arrestation de Célestin, qui sonnait la fin des ennuis pour la municipalité, et une voie royale pour gagner les élections. Du moins c'est ce qu'ils croyaient encore à ce moment-là.

- Je lève mon verre au travail de la gendarmerie, qui a résolu cette pénible affaire en un temps record ! lança Gaston.

- Vive la gendarmerie ! Vive notre maire ! entonnèrent les autres d'une seule voix.

- Il n'a pas encore avoué, s'inquiéta sa femme.

- Ce n'est plus qu'une question de patience. Une nuit au poste ça va le faire réfléchir et il passera aux aveux… Il n'a pas d'autres alternatives que de dire la vérité.

Assis devant son ordinateur, Victor Tarin rassemblait ses notes et échafaudait des hypothèses. En fin d'après-midi, il était allé à la bibliothèque de Saint-Brieuc pour consulter les micros-films des journaux publiés à l'époque de la mort de Francine Crubiet et rangeait les photocopies par ordre chronologique.

- Tu parles tout seul ? risqua une voix féminine qui s'était approchée en silence.

- Je me demande si tout ce qui arrive à Abel n'est pas lié à l'assassinat de sa femme… Les crimes qui le touchent de plein fouet sont peut-être les œuvres d'un maître chanteur ?

- Pour payer son silence ?

- Ou le contraindre à accepter des choses !

- Ce ne pourrait être qu'un type ayant assisté au crime…

- Ou le criminel lui-même ?

- Je ne vois pas bien son intérêt.

- J'ai lu dans un de ces articles qu'Abel avait touché le pactole après la mort de sa femme.

- Bel héritage ? dit Blanche en lui caressant sa poitrine velue.

- Grosse assurance vie ! répondit Victor en culbutant Blanche sur le canapé.

En sortant du garage du maire, Raymond Talouët se rapprocha d'un de ses hommes de main et lui confia :

- Maintenant que nous avons notre coupable, il ne nous reste plus qu'à donner le coup final, pour être débarrassé à jamais d'Abel Crubiet…

- Tu crois vraiment que c'est nécessaire ? Gaston a dit que…

- C'est un mou… coupa Talouët. Il ne faut pas compter sur le maire pour nous aider, il est trop honnête. C'est à notre petit groupe que revient la mission, si on ne veut pas voir nos ennemis s'emparer de la mairie… Ils seraient trop content de nous conspuer après leur victoire... Je les entends déjà... Ils ne vont pas se gêner, crois-moi !

- Comment vas-tu t'y prendre ?

- J'ai encore une bonne carte en main... Un gros atout maître...

Mardi 10 juin

Dans les locaux de la brigade de Pléneuf, la garde-à-vue de Célestin n'était pas encore terminée. Malgré les pressions savamment orchestrées par les gendarmes, le fossoyeur restait toujours muet. Aucune explication logique n'avait été fournie sur la présence du briquet tempête dans le cercueil éventré.

Pour Jocelyne Malenfant, l'O.P.J. chargé du dossier par l'adjudant Frouillard, la présence insolite de cet objet sur la scène du crime signait l'acte. Célestin Maunet était coupable. Lui seul connaissait suffisamment la nécropole pour agir en secret et possédait les outils nécessaires.

Le maréchal des logis chef était au rapport avec son supérieur hiérarchique depuis quelques minutes, pour tenter de dénouer cet écheveau.

- Il nous répète depuis hier qu'il a dû perdre son briquet dans la panique mon adjudant, dit Jocelyne en s'asseyant.

- Est-ce possible ?

- Non mon adjudant ! Il nous affirme n'avoir approché qu'à un mètre du cercueil…

- Alors il nous ment !

- Je suis intimement convaincue que c'est lui l'auteur de cette odieuse profanation.

- Ce n'est pas suffisant Mademoiselle. Si une conviction est parfois bien utile pour démarrer une enquête, elle est inutile devant un avocat. Il nous faut des preuves..., et des preuves solides pour le présenter au juge.

- Les techniciens de l'Information Criminelle qui sont descendus de Saint-Brieuc n'ont relevé qu'un type d'empreintes de pas autour de la tombe de Francine Crubiet.

- Celles du fossoyeur ?

- Précisément les bottes qu'il porte en ce moment.

- Quoi d'autre ?

- A part le briquet et les traces de pas, nous n'avons rien d'autre..., malheureusement.

- Et les outils ?

- Il y a des dizaines de pelles et de pioches dans le local technique du cimetière, toutes portent les empreintes de Célestin, ce qui est logique, puisqu'il est le seul titulaire chargé de l'entretien. D'après les hommes de l'Identification, il est impossible de déterminer lesquels de ces outils ont été utilisés. Les marques retrouvées peuvent provenir de n'importe quel endroit du cimetière... Ce n'est pas une enquête facile mon adjudant...

- Vous lui avez parlé des traces de bottes ?

- Il dit que les siennes lui ont été volées à sa porte, où il les laisse toujours pendant la nuit – à cause de l'odeur a t-il précisé - et qu'il a retrouvé celles qu'il porte aujourd'hui devant le portail du cimetière dimanche matin !

- Est-ce possible ?

- Comment serait-il venu jusque là..., en chaussettes ? Il y a trop de contradictions dans ses propos... C'est lui le coupable... J'en suis de plus en plus convaincue.

- Alors il faut obtenir des aveux.

- On va s'y attacher mon adjudant.

- Cette affaire trouble les esprits des habitants de Plurien, et même au-delà Mademoiselle Malenfant. Comme vous le savez, nous n'avons pas été brillants sur le massacre des vaches et sur l'incendie de la Ville-Théart...

- Les trois affaires sont liées mon adjudant. Dans les trois cas c'est Abel Crubiet qui est visé... J'ai même fait rouvrir le dossier sur l'assassinat de Francine Crubiet...

- Alors je compte sur vous pour me régler cette affaire au plus vite.

- Je vais faire mon possible.

- Plus Jocelyne, plus, le préfet, qui n'aime pas la tournure que prennent les évènements à quelques semaines des élections municipales, me parlait de vous et de votre avenir hier soir... Me comprenez-vous ?

- Fort et clair mon adjudant.

- Alors au travail, et je veux des résultats rapides, très rapides… On tient le coupable… Cette affaire doit être classée aujourd'hui.

Malgré le bruit envahissant de son aspirateur, Blanche entendit quelque chose depuis le couloir. Intriguée, elle stoppa sa machine et écouta. Pas de doute possible, cela venait de leur chambre à coucher. Un mince filet de lumière filtrait même sous la porte, prouvant la présence de quelqu'un.

Elle plaqua son oreille sur le bois tapissé.

Des petits rires et des gémissements étaient bien distincts.

- On dirait la voix de Victor ! s'étonna Blanche.

Elle se concentra.

- Mais oui ! C'est bien lui… Et l'autre voix c'est… non… pas elle… ce n'est pas possible…. Pas cette grognasse…

Son sang de Bretonne ne fit qu'un tour, et elle poussa violemment sur la porte.

La diablesse résista.

Elle poussa de nouveau.

Rien à faire, elle ne voulait pas s'ouvrir.

De l'autre côté, comme pour la provoquer, la voix féminine éclata de rire et se moqua de Blanche. La pauvre fille poussait, tirait, cognait de toutes ses forces. Plus Blanche voulait ouvrir et plus la porte résistait.

Quelque chose devait coincer.

Soudain elle vit ce qui bloquait :

- C'est le combiné du téléphone qui est posé sur la poignée de la porte, et en plus il sonne…

Elle cria :

- Mon Dieu ! Faites qu'il s'arrête pour que je puisse ouvrir la porte de ma chambre…

Aussitôt, une main venue de nulle part se posa sur son front en sueur.

Elle se retourna vivement en tirant sur les draps pour se protéger :

- C'est toi Victor, que faisais-tu avec Marie Balot dans mon lit ?

- Hé Blanche ! Tu rêves ? On est couché tous les deux et c'est le matin.

- Tu oses appeler cette horreur un rêve ! Cette pétasse dragueuse qui ose intervenir dans mon sommeil, mais c'est pire que le plus horrible des cauchemars, il faudrait inventer un nouveau nom pour en parler…, mais au fait, qui était-ce au téléphone ?

- Personne n'a appelé.

Tarin n'avait pas fini sa phrase, que son portable caché sous son oreiller vibra.

- L'intuition féminine Victor, méfie-t-en ! dit-elle en lui pressant le nez.

- Foutaise ! Ce n'est que pur hasard…

- Il est trop matérialiste mon gros minou, continua Blanche en lui chatouillant le ventre.

- Tu étais moins fière tout à l'heure…

- Amuse-toi à coucher avec cette petite pute, et tu verras comment je te…

- Allô !… Quoi !… Quand ?… J'arrive !

Abel Crubiet avait besoin de respirer.

La profanation de la tombe de sa femme l'avait bouleversé. Mais il était plus perturbé par la peur des conséquences à venir qu'il pressentait, que par l'acte odieux en lui-même. Assis devant un verre d'alcool fort, malgré l'heure matinale, d'ailleurs il ne savait plus s'il avait dormi, il semblait perdu dans ses pensées, comme si un fantôme du passé lui rongeait l'esprit.

- Combien de temps va-t-il tenir avant de lâcher le morceau ?

C'était une de ces idées noires, enfouies au plus profond de l'âme, qui ressort un jour sans crier gare, réveillée par un événement inattendu et, occupant l'esprit jour et nuit sans répit, rend malade, très malade.

- Non, il ne dira rien, il nous perdrait tous les deux… tentait-il de se convaincre. De toute façon, ce serait sa parole contre la mienne… Je pourrais nier… Ils me croiront plus facilement que ce dégénéré…

Abel tournait et retournait son verre, échafaudant des hypothèses et cherchant une solution logique aux gros problèmes qui n'allaient pas tarder à surgir... Le passé allait le rattraper... Il le pressentait...

- Pourquoi ai-je refusé de lui donner ce qu'il me demandait samedi ? Pourquoi nom de Dieu ?

S'il n'avait aucune idée sur l'auteur de la boucherie perpétrée sur ses vaches, Abel avait menti aux gendarmes quant à la porcherie et à la profanation : l'éleveur savait parfaitement qui étaient les auteurs de ces crimes et les raisons de leurs actes.

- Pourquoi diable ai-je fait confiance à cet imbécile, il fallait être fou...

Mais si c'était bien celui qu'il pensait l'auteur de l'horreur du cimetière, c'était le signe avant coureur de gros ennuis... Ca Abel le savait aussi... C'est pourquoi il commençait sérieusement à paniquer...

- Si ce con a parlé aux gendarmes, adieu la place de maire... C'est Grignonet qui va être content, il va être réélu sur un tapis de violettes... Et moi je vais aller en... non je préfère ne pas y penser .., pas encore... Plutôt mourir que de tomber en disgrâce...

Le cabriolet de Victor Tarin qui avait eu encore plus de mal à démarrer que la veille, arriva pétaradant et fumant devant les grilles de la brigade de gendarmerie de Pléneuf.

Le correspondant de *La Chronique de l'Ouest* salua ses collègues de *France 3* puis Philippe, son ami de *Radio France Armorique*, avant d'avoir la désagréable surprise de voir que Marie Balot du *Courrier d'Armorique* était encore là avant lui.

- Tu n'es pas matinal Victor !... Est-ce à cause du petit câlin du matin, ou du temps interminable que ta vieille ridée met pour tenter de se refaire une beauté dans la salle de bain ?

- Blanche n'a pas besoin d'artifices comme toi pour plaire, elle est belle de nature.

- Oh qu'il parle bien le gentil amoureux... Il n'est pas si loin le temps où tu appréciais mes *artifices,* comme tu dis si vulgairement.

- C'est du passé Marie, je te l'ai déjà dit des centaines de fois.

- Qui a bu du bon vin, y revient !

La grille de la gendarmerie s'ouvrit.

Le maréchal des logis chef Jocelyne Malenfant apparut avec un air de satisfaction bien souligné sur son visage. Elle était détendue et radieuse. Elle souriait, ce qui était assez rare chez elle pour être précisé.

- Mesdames, messieurs, commença-t-elle après avoir toussé deux ou trois fois pour s'éclaircir la voix, si je vous ai fait convoquer si tôt ce matin à la brigade, c'est pour vous informer que les évènements de l'affaire de la profanation de Plurien se sont précipités.

- Encore un crime attribué à la sorcellerie ? lança perfidement Victor Tarin.

- Beaucoup mieux que cela, nous avons arrêté le coupable.

- Son nom ? lança immédiatement le reporter de *Radio France Armorique* qui avait pointé son micro.

- Il s'agit de Célestin Maunet, que nous avions en garde à vue depuis hier dans nos locaux.

- Il a avoué ?

- Si je vous dis que nous l'avons arrêté, Mademoiselle Balot, c'est qu'il a avoué, sans quoi nous le libérerions... Nous ne sommes pas là pour jouer à « *qui perd gagne.* »

Des rires moqueurs éclatèrent au sein de l'équipe de journalistes.

Elle leur tira la langue.

- Il va être présenté au juge ce matin, reprit l'O.P.J., puis incarcéré à la prison de Saint-Brieuc dans l'après-midi.

- Est-ce lui l'auteur de l'incendie de la Bouillie et du massacre des vaches de Saint-Symphorien ?

- Nous poursuivons notre enquête Monsieur Tarin, et nous vous tiendrons informés de ses avancements au fur et à mesure de ses progrès.

- Donc vous ne savez pas si Célestin est aussi coupable de ces autres crimes.

- Chaque chose en son temps Mademoiselle Balot, cette affaire est délicate et nous devons avancer prudemment, même si des journalistes têtus et pas toujours honnêtes dans leurs articles, nous imposent d'aller vite pour vendre leur papier.

- C'est pour moi que vous dites cela ?

- Ne soyez pas paranoïaque Mademoiselle Balot, je n'ai rien contre vous en particulier.

- Pourquoi Célestin Maunet a-t-il commis cette horreur sur la tombe de sa propre sœur ?

- Nous pensons à une crise de folie, nous n'avons pas d'autre explication, à moins que vous, continua Jocelyne avec une petite pointe d'humour dans la voix, avec votre légendaire nez... nous trouviez un bon mobile.

- Un jeu de mot facile Madame, reprit Victor en prenant des photos.

A ce moment, le fourgon bleu sortit prestement de la brigade. Un crépitement de flashs l'accompagna sur plusieurs mètres. Les journalistes tentaient d'apercevoir Célestin qui avait la tête cachée sous une couverture.

Protégé entre deux gendarmes, le pauvre fossoyeur sanglotait.

A quelques kilomètres de là, une camionnette s'arrêta dans la cour intérieure du restaurant *Les Bourdinots* installé dans les Mielles à Saint-Cast-le-Guildo. Un jeune homme en vareuse en sortit, attrapa un panier isotherme et s'engouffra rapidement dans les cuisines.

- Combien ? demanda le chef.
- Dix kilos, répondit le pêcheur.
- Seulement !
- Le temps n'est pas de la partie, j'ai eu quelques ennuis de moteur.
- Il m'en faut le double pour le week-end de la Pentecôte, j'attends du monde…, ce sont des habitués, et des connaisseurs…
- Je ferai de mon mieux, mais tout dépend de la météo…, et, je n'ai pas que vous comme client...
- Vingt pour cent de prime si j'ai ma quantité…, fit le restaurateur en glissant une enveloppe garnie dans la main du jeune homme.

Quand Victor Tarin remonta dans son cabriolet, il attrapa son carnet de notes posé négligemment sur le siège passager, et y inscrivit deux ou trois points importants devant lui servir à écrire son article du lendemain.

- Une crise de folie, c'est un peu léger comme explication pour un tel acte de barbarie… se dit-il. Il y a autre chose par la-dessous, qui n'est pas clair… Je suis persuadé que ce n'est pas un acte gratuit de la part de Célestin… Le fossoyeur doit savoir des choses… et Crubiet a sûrement des trucs à cacher… Mais quoi ?… L'assassinat de sa femme ?… Des magouilles politiques ?… Des affaires de gros sous ?… Un trafic quelconque ? Mystère ! C'est probablement quelque chose qui nous crève les yeux, mais que l'on ne sait pas regarder…

Avec de grandes difficultés, Victor démarra le moteur de son cabriolet, qui toussa, hoqueta, lâcha un énorme nuage de fumée noire, pétarada sur trois pattes et, enfin, s'engagea péniblement sur la route en sautillant.

- Mon Dieu, la pauvre, elle va finir par me lâcher en pleine action…

Des techniciens de l'identité criminelle furent chargés de réexaminer le dossier de l'incendie de la porcherie de La Bouillie. Ils apportèrent rapidement de nouveaux éléments susceptibles de confondre les criminels. Un des experts, qui avait relevé la présence de la boule de plastique calcinée dans le procès-verbal, demanda au laboratoire une expertise approfondie de l'objet. Le résultat appuyant de manière scientifique ce qu'il avait deviné grâce à son expérience professionnelle, il téléphona immédiatement ses résultats à Jocelyne Malenfant.

- C'est la présence de cet élément insolite dans les gravats qui m'a mis la puce à l'oreille, car j'avais déjà vu un tel objet dans un feu inexpliqué survenu il y a quelques mois dans une discothèque de Dinan.

- C'est lui qui a provoqué le départ du feu ? demanda l'O.P.J.

- Mieux que cela Madame, c'est la signature criminelle de votre incendie.

- Expliquez-vous.

- Cette boule de plastique calcinée est le reste ratatiné d'une cuvette de plastique dans laquelle votre incendiaire à vidé de l'essence aux trois-quarts. Au milieu de ce brûlot, le criminel a placé une bougie qu'il a allumée avant de partir tranquillement.

- Ingénieux ! Et quand la flamme de la bougie arrive au niveau de l'essence…

- Elle prend feu immédiatement, et se répand dans toute la pièce, contaminant tout… Et il ne reste plus de preuves, sauf cette petite boule de plastique calcinée… Il ne vous reste plus maintenant qu'à trouver à qui le crime a profité et vous aurez votre coupable sur un plateau…

- Merci la brigade scientifique…

- A votre service madame…

- Et pour les vaches égorgées, vous avez trouvé quelque chose ?

- Rien… On ne peut pas être bon partout…

- Dommage ! déplora le maréchal des logis chef en raccrochant.

Perdu dans ses pensées, Victor Tarin arriva bientôt devant le garage Grignonet. Il jeta négligemment un œil sur sa jauge à essence.

- Bon sang, déjà vide…

Décidément tout clochait dans sa voiture, même la consommation de sa torpédo était supérieure à la norme depuis quelques jours.

Quand Victor Tarin vit les prix des carburants affichés comme un défi aux automobilistes, il envia un groupe de randonneurs sortant des Marais de Plurien. Le panneau lumineux de la station semblait chanter :

Viens mon petit toto, viens faire ton plein !
Remplir mon compte, et vider le tien...

- Bon sang ! Il a encore augmenté ses prix... On voit bien que l'on approche d'un grand week-end... pesta Tarin en se garant près d'une des *pompes à taxes...*

La station essence de Gaston Grignonet, « Gégé » pour les intimes, gravement atteinte de *l'augmentite aiguë estivale,* une infection locale survenant régulièrement à chaque période de vacances, était le thermomètre de la valse des étiquettes dans la région :

Prix au plus haut à la station essence :
hôtels, campings et appartements loués ;
Prix au plus bas :
pas de gogos à signaler !

- Alors Monsieur Tarin, fit Gaston Grignonet en voyant le journaliste avancer vers la caisse. Avez-vous du neuf dans nos affaires ?

- Oui ! on a arrêté le coupable de la profanation… Il a avoué son crime aux gendarmes tôt ce matin

- C'est qui ce fumier ?

- Vous ne vous en doutez pas ?

- Ce n'est tout de même pas Célestin ?

- Il vient d'être présenté au juge.

- Plurien va enfin retrouver sa sérénité…, il était temps d'arrêter ce criminel qui nous empoisonnait la vie, souffla le maire en rendant la monnaie et des tickets pour gagner une série de douze verres à moutarde.

- C'était surtout le coupable idéal, et cela arrange bien les affaires de certains. Les élections approchent ! provoqua Victor.

- Vous me menacez ?

- Je ne cherche qu'à connaître la vérité. Je reste persuadé, jusqu'à preuve du contraire, que les motivations du coupable doivent être plus compliquées que la simple arrestation de l'idiot du village…

Raymond Talouët, le colleur d'affiches, écoutait la conversation depuis l'entrebâillement de la porte.

- Y'en a quelques-uns comme ça, qui ont besoin d'explications privées pour comprendre, lança le tonneau à pattes qui frappait négligemment une batte de base-ball dans la paume de sa main gauche, l'air menaçant.

- Ce n'est pas beau d'écouter aux portes…

- Je ne l'ai jamais aimé ce petit fouille merde qui se croit supérieur parce qu'il sait écrire deux phrases, lança le molosse en éructant bruyamment…

- C'est à vous le pitbull ? lança Victor en direction du Grignonet. Vous l'avez déclaré à la mairie ? A moins qu'il ne soit stérile de naissance.

- Mais je vais te casser la gueule moi, espèce de petit pédé…

- Allez ! Allez ! On se calme, Monsieur Tarin plaisante…, n'est-ce pas Victor ?

- Je vais continuer à mener mon enquête jusqu'au bout, jusqu'à découvrir le secret qui se cache derrière tout cela… Même si, apparemment, cela ne plaît pas à tout le monde…

- Ce n'est pas toujours sain de remuer la merde du passé, aboya Raymond en se grattant le dos avec la batte de base-ball. Si certaines personnes ont trouvé utile d'enterrer de vilaines choses, c'est qu'ils avaient sûrement de bonnes raisons, croyez-moi… Alors, un conseil, gratuit celui-là, occupez-vous de vos fesses, ça vaudra mieux pour votre petite santé.

- Vos menaces de gros bras musclés montés sur une petite tête transparente ne m'impressionnent pas… mentit le journaliste en se disant que ce coco avait des choses à cacher.

Raymond Talouët n'était pas de ceux qui se faisaient insulter sans réagir. C'était un sanguin…

Il se précipita vers Victor dans la ferme intention de lui faire ravaler ses paroles. Il bouscula sans ménagement un présentoir d'essuie-glaces, cassa une bouteille de déodorant au passage, et se planta devant Tarin, fier comme un torero devant le taureau qu'il va massacrer.

- Allez plutôt vous laver monsieur, brava Victor en se pinçant le nez.

Le journaliste n'en menait pas large devant ce monstre en rut mais il continua à parader...Parfois ça marche... D'autres fois...

- Vous empestez l'air ! reprit Victor, incommodé par l'odeur de sueur et d'urine qu'il traînait en permanence avec lui. Au contrôle anti-pollution vous seriez recalé...

- Dégage fouille merde, ou je t'éclate la gueule..., tu ne seras pas le premier...

Victor devina qu'il était rendu au bout des négociations diplomatiques et que la guerre grondait... Il jugea bon de se replier dignement, avant qu'il ne fût trop tard.

- A bientôt messieurs...

Victor rejoignit son cabriolet d'un pas qu'il voulait calme, mais, dans le fond de lui-même, il n'en menait pas large. Ses jambes remplies de mousse molle avaient bien du mal à porter un journaliste courageux, dont le cœur battait la chamade.

Avide d'info spectacle, Marie Balot avait prévenu Abel de l'arrestation de Célestin. Maintenant, pour l'agriculteur, une chose était sûre, le feu était à la bergerie. Le fossoyeur allait parler et sans doute déballer la vérité aux enquêteurs, si cela n'était pas déjà fait.

- Non ! Car les poulets seraient là à me poser des questions à l'heure qu'il est.

Il prit sa pipe, trouva un reste de tabac laissé dans une soupière décorative posée sur le buffet de la salle à manger, et l'alluma nerveusement.

Plusieurs fois elle s'éteignit.

Abel paniquait.

Il avala deux ou trois verres de cidre bouché et décida d'aller se changer les idées.

Il partit à pied vers le quai Barrier, là-bas, face à la mer, il pourrait réfléchir tranquillement et étudier une stratégie pour les heures à avenir… Pour le cas ou…

Au bourg de Plurien, la nouvelle de l'arrestation de Célestin faisait l'effet d'un nudiste jouant au golf sur les dunes de la grève de Minieux. Les conversations allaient bon train *Chez Suzon*.

- Qu'est ce que je vous avais dit ! disait le *savant de Paris*.

- C'est un envoyé de Satan… enchaînait la vieille Mado, tout en se signant vigoureusement…

Encore plus sorcière que d'habitude, elle riait sous cape en donnant des explications de plus en plus détaillées au fur et à mesure que les curieux entraient dans le bar.

- Je l'avais bien vu moi, *hale la patte*, entrer dans le cimetière l'autre soir... Il avait l'air d'un monstre, marchant dans le noir... Ce qui est curieux, c'est qu'il n'y avait pas d'ombre derrière lui... comme s'il avait été le Diable lui même... exagérait-elle...

- As-tu vu s'il avait des pieds crochus ? demanda sérieusement une autre bigote.

- Il avait des bottes ! répondit Mado avec l'air de s'excuser.

- Vous êtes des vieilles folles ! coupa Suzon en essuyant les verres.

- Moi je dis qu'un homme qui n'a jamais connu de femme, et qui passe sa vie à enterrer les morts, il a des *appointances* avec les forces du mal... menaça Mado.

- Et une vieille pucelle qui passe toutes ses journées à espionner la vie des autres derrière ses vitres, enchaîna le *savant de Paris* en riant, elle a des *appointances* avec qui ?... Avec « saint Ragot de la bite molle ? »

Des rires fusèrent.

- Blasphémez tant qu'il en est encore temps, bande de mécréants, mais notre fossoyeur, il faisait de la *physique*, s'était un sorcier... Je l'ai entendu faire des prières à l'envers dans le cimetière les nuits de pleine lune…

- Toi Mado, mais tu es sourde comme un pot…

Chacun y allait de son explication plus ou moins fantaisiste et on buvait à la santé des gendarmes…, et du maire.

- Et s'il avait tout simplement voulu dépouiller la morte…, insinua un consommateur. Les alliances en or, ça se revend bien.

- Les familles ne laissent plus les bijoux sur les défunts !

- Moi, je dis qu'il a tout simplement voulu récupérer quelque chose dans le caveau de sa sœur le Célestin…, insinua le *savant de Paris*, et ce quelque chose, c'est sûrement une pièce à conviction… Ils ne sont pas clairs les Crubiet et compagnie.

- Explique-toi.

- Vous savez bien que l'assassin de sa sœur n'a jamais été découvert…

- Et alors ?

- Si Célestin avait laissé la preuve de …

- Tais-toi ! coupa Raymond le colleur d'affiches qui venait chercher son journal… Tu parles trop… Laisse les morts tranquilles… Les gendarmes ont classé l'affaire, et se n'est pas à toi de rouvrir ce dossier…

- Je disais ça juste pour causer…

- Eh bien ! parle d'autre chose, ça vaudrait mieux pour ta petite santé…

Dans le coin du bar, une jeune fille assise derrière un soda avait tout noté. Mais elle était restée sur sa soif, et comptait bien en savoir plus… Quand Raymond quitta les lieux, elle laissa largement de quoi payer sa consommation, et, sans attendre sa monnaie, elle le suivit dans la rue.

Le colleur d'affiches allait rentrer dans sa voiture garée derrière l'église, quand elle l'appela :

- Monsieur Talouët, je suis correspondante au *Courrier d'Armorique* et j'aimerais vous poser quelques questions.

Raymond dévisagea la jeune fille, et devant ses arguments physiques avantageux, il répondit :

- Je n'ai pas compris votre nom…, Mademoiselle ?

- Balot, Marie Balot… répondit la jeune fille en se masquant discrètement le nez… Mon Dieu qu'il pue l'animal, se dit-elle.

- Que voulez-vous savoir ?

- Pourquoi avez-vous interdit à votre ami de parler ?

- Ce n'est pas mon ami.

- Alors votre ennemi, insinua Marie.

- Pas ici…, on se retrouve, disons…, à 20h30…, au Théâtre de Verdure.

- J'espère que vous ne me ferez pas venir pour rien ?

- Je ne donne jamais rendez-vous à une jolie jeune fille pour rien, termina Raymond en lui caressant la joue.

Marie Balot frissonna au contact de sa main. Cet homme était répugnant.

Les petits yeux de Raymond pétillaient malicieusement derrière ses hublots et des gouttes de sueur témoignant de son excitation, perlaient sur son front graisseux, augmentant encore son odeur décidément insupportable.

Ce furent deux enfants venus dans la soirée récupérer des bas de lignes perdus au cours de la journée par des pêcheurs maladroits, qui découvrirent le corps. Ils les revendaient pour se payer les images autocollantes à la mode.

Il gisait au fond du Quai Barrier, côté mer, enchevêtré sur ce qui restait des défenses anti-débarquement, posées sur la plage bien des années avant sur ordre de Rommel pendant la seconde guerre mondiale. Ils avaient été entassés là, rouillant au fil du temps, et formaient un obstacle infranchissable aux plombs et aux hameçons.

Pris de panique devant le sang, les gamins lâchèrent leurs découvertes et coururent de toutes leurs jambes vers le premier groupe d'adultes qu'ils virent. C'étaient des pêcheurs amateurs qui bêchaient le sable à la recherche de gros vers de mer - des bouseux comme ils disent - pour taquiner les bars ou les poissons plats.

- Hé m'sieur, y'a un mec rétamé sur la tour Eiffel, là-bas derrière le quai ! dit le plus âgé essoufflé.

- Y' n' bouge plus un pet', fit l'autre.

Informé par Blanche qui vit l'hélicoptère de la Sécurité Civile se poser sur le terre-plein des carrières dans un bruit d'enfer, Victor Tarin arriva quatre à quatre sur les lieux, coupant à travers la plage.

Le journaliste attrapa une échelle de cordes qui pendait sur le côté d'une grande barge servant à transporter du grès et qui gisait lamentablement sur la vase. Il grimpa lestement sur le terre-plein et se dirigea vers l'équipe de gendarmerie agglutinée au milieu du vieux quai Barrier, où il reconnu Frouillard.

Côté mer, les services de secours s'affairaient rapidement, car l'eau montait, ne laissant que le temps nécessaire pour rapatrier le corps au sec.

- Il est mort ! crépita un récepteur accroché à la ceinture d'un pompier… Mort sur le coup…

- Que s'est-il passé ? demanda Victor à un Frouillard excité.

- Vous ne devinez pas vous même, le grand Tarin… Vous voyez bien qu'il est tombé du haut du quai ! Non ?

- Il doit être sérieusement amoché, reprit Victor en mitraillant la scène.

- Comme on peut l'être après une chute d'une vingtaine de mètres avec une réception sur un tapis de bouts de fer saillants !

- Qui est-ce ?

- Abel Crubiet !

- Merde !

- Comme vous dites Tarin ! Vous avez trouvé le mot juste.

- On l'a poussé ?

- J'aimerais bien le savoir…

La nouvelle de la mort d'Abel fit l'effet d'un ouragan dans la population pluriennaise, déjà bien éprouvée depuis quelques jours par une accumulation de malheurs.

Si l'arrestation de Célestin avait calmé les esprits un moment en mettant un nom sur l'auteur de la profanation du cimetière, la mort mystérieuse d'Abel lançait de sérieux doutes sur la culpabilité unique du fossoyeur.

Certains se demandaient si Abel ne s'était pas suicidé pour ne pas affronter le déshonneur. La rumeur du colleur d'affiche, accréditée par la froideur des événements, faisait son effet pervers.

D'autres affirmaient que *hale la patte*, le profanateur, n'avait été que le jouet d'un assassin machiavélique, qui avait tout orchestré depuis le début et se promenait en toute tranquillité dans les rues.

Cette nuit là, un autre sentiment se fit jour dans la population locale.

La suspicion.

Tout le monde soupçonnait tout le monde, et les cafés se vidèrent de leurs consommateurs. Même Suzon dût fermer sa boutique à blabla avant 22h00, ce qui ne lui était pas arrivé depuis le jour de l'enterrement de son mari.

Les rues étaient vides, et on devinait des regards inquiets cachés derrière les rideaux, cherchant à deviner les secrets du voisin.

Plurien avait peur, et pourtant la commune n'était pas au bout de ses malheurs.

Mercredi 11 juin

Le cabriolet de Victor fit un dernier effort pour atteindre l'aire de repos de la Couture, mais, le courage étant souvent bridé par les capacités intrinsèques des humains ou même des choses, des secousses, puis un soubresaut final de la bête fit perdre tout espoir au journaliste.

Le vieux moteur rendit son dernier souffle à quelques mètres de l'entrée du havre de repos. Un puissant juron passa à travers la capote de la vieille dame qui en frémit.

Victor souleva le capot du véhicule moribond. Un nuage de fumée pouvant rivaliser en pollution avec celui de la centrale nucléaire de Tchernobyl, noircissant tout sur son passage, même la figure du pauvre Tarin dépité par le malheur qui l'affligeait, sortit des entrailles de la machine qui était à l'agonie.

Un petit coup de klaxon moqueur venu du monde des vivants fit le journaliste se soulever d'un mouvement brusque. La rencontre inattendue de son crâne avec le capot du cabriolet lui fit renouveler son expérience du juron libérateur.

Dans un premier temps, il ne vit rien, aveuglé qu'il était par sa tristesse, son désarroi... et sa douleur à la tête…

Il en serait quitte pour une jolie bosse…

Puis soudain, dans un moment de lucidité, il aperçut le chauffeur qui osait le narguer dans un moment pareil d'intense recueillement devant la dépouille d'un proche disparu trop tôt.

La jeune fille, qui avait vu de loin exploser le nuage noir de la triste fin du cabriolet, était assise dans une petite voiture qu'elle pilotait nerveusement.

Victor la foudroya du regard et elle sourit malicieusement. Elle sentait que sa proie était à sa merci… Elle ne pouvait plus s'échapper.

- Alors mon petit Victor, on a des ennuis ? fit-elle en baissant sa vitre.

- Le moteur vient de me lâcher, fit tristement le journaliste de la *Chronique de l'Ouest* en montrant au monde moqueur une figure noircie par la fumée de *son* moteur.

- Tu es mignon comme tout Victor déguisé en petit mécano, veux-tu que je te dépose quelque part, ou préfères-tu attendre la mule du pape ?

- Comme tu es drôle Marie ! J'accepte ton offre, je n'ai pas le choix…

La journaliste vedette du *Courrier d'Armorique* était chaussée d'une paire de lunettes de soleil très opaques, ce qui n'était pas son habitude.

- Tu as peur des projecteurs Marie ?

- Non ! seulement des imbéciles… répondit-elle en les soulevant.

- Que t'es-t-il arrivé ? fit Victor en étouffant un rire moqueur, un maquillage pas au point ?

Un énorme œil au beurre noir défigurait sa jolie frimousse.

- C'est une jalouse qui t'a estampillée ?

- Crétin !

- Explique-toi, au lieu de m'insulter !

- C'est un connard d'obsédé sexuel qui m'a fait ça hier soir !

- Ne me dis pas que tu as refusé les avances d'un homme…, il doit vraiment être laid ?

- Il est gros, gras, vulgaire, il pue la sueur et l'urine, bref, il est odieux.

- Raymond Talouët ! s'écria Victor.

- Ce porc m'avait donné rendez-vous pour me donner des tuyaux sur les évènements, mais cette poubelle sur patte a essayé de me sauter. C'est un obsédé du sexe.

- C'est drôle dans ta bouche cette expression !

- Laquelle ?

- « obsédé du sexe! »

Au cimetière de Plurien avait lieu une cérémonie où n'étaient présentes que quelques personnes triées, en plus des gendarmes, du maire et du curé. Les curieux avaient été refoulés. L'enquête sur la profanation étant bouclée, on allait procéder à la nouvelle inhumation de Francine. Une entreprise de pompes-funèbres de la région avait été appelée pour procéder aux opérations.

Le couple infernal Marie Balot et Victor Tarin arriva sur les lieux, et, grâce à leurs cartes de presse, ils furent autorisés à pénétrer dans le périmètre de sécurité.

Pour refermer le tombeau et remettre décemment le cercueil en place, il fallut le soulever avec de grandes précautions. Il était fragile. Une grue fixée à l'arrière d'un camion entra en action sous le commandement d'un expert de la manette. La bière se souleva lentement.

Un éclair de lumière frappa l'œil de Tarin à travers l'objectif de son appareil photo.

- Arrêtez ! cria Victor, il y a quelque chose dessous !

- Qu'avez-vous vu ? demanda Jocelyne Malenfant.

- Je ne sais pas, mais il y a un objet brillant, j'en ai vu l'éclat au soleil.

Un gendarme en uniforme attendait patiemment que le pneumatique accoste à la cale du port d'Erquy. Le bateau, véritable patchwork de rustines grises et noires, arrivait au-dessus de la vitesse autorisée, mais il n'était pas là pour verbaliser, il avait une mission plus douloureuse à remplir.

Quand le moteur fut coupé, l'adjudant chef Frouillard salua, puis il demanda en attrapant le bout d'amarre :

- Vous êtes Fred Crubiet ?

- Qu'est-ce que vous lui voulez ? se méfia le jeune homme, qui ne souffrait visiblement pas d'amour débordant pour la gente policière.

- L'avertir de la mort de son père !

- Qu'est ce que vous voulez que ça me fasse ? répondit le marin en sautant prestement sur le ciment tout en éclaboussant les pantalons officiels de Frouillard.

Le gendarme n'y prêta pas attention et reprit :

- Vous êtes Fred Crubiet ?

- Ouais ! Mais dans ma tête, il y a bien longtemps que mon vieux est mort... J'ai un truc ou un machin à vous signer pour l'enterrer ?

- Vous ne voulez pas savoir de quoi il est mort ?

- Qu'est ce que ça change ?

- Vous plongez avec des bouteilles ?

- Je fais des photos ! fit Fred en montrant un boîtier étanche dans lequel était enfermé une caméra. Ce n'est pas interdit.

- Vous avez les papiers du bateau ?

- Vous venez m'annoncer la mort de mon père, mais vous ne pouvez pas vous empêcher de me fliquer !

- Dans les deux cas je fais mon travail monsieur Crubiet… A propos, vous êtes au courant de ce qui se passe à Plurien ?

- Vous croyez que j'aie le temps de lire le journal ?

- Vous ne saviez pas que le tombeau de votre mère avait été profané ?

- Quand ?

- Dimanche dernier.

- Mais pourquoi ?

- Vous n'avez pas une petite idée la-dessus ?

- Heu !… Non… se troubla Fred. Je n'ai rien à voir la-dedans… Si vous n'avez plus rien à me demander… j'ai du travail moi…

Le jeune homme mit en place les goupilles qui retenaient les roues caoutchoutées de son pneumatique, et le tira sur le sec.

- A bientôt Fred !

- C'est ça… au Diable, marmonna Fred pour lui-même.

Quand le gendarme fut parti, le marin ouvrit un coffre et en sorti un sac d'ormeaux plein à ras bord, qu'il transvasa dans sa camionnette.

Dans le cimetière de Plurien, le cercueil avait été relevé et, grâce à la perspicacité de Tarin, un objet insolite avait été trouvé au fond du caveau.

C'était un revolver.

- C'est sûrement celui qui a servi à tuer Francine ! déduit Victor.
- Peut-être ! fit Jocelyne Malenfant.
- Pensez-vous que Célestin soit l'assassin de sa sœur ? demanda Marie Balot.
- Comme vous y allez Mademoiselle ! Attendons d'examiner l'arme et de mener une enquête approfondie.

Au port d'Erquy, quand le gendarme Frouillard remonta dans sa voiture, son collègue lui demanda comment s'était passé la rencontre avec Fred.
- C'est curieux, il n'a pas éprouvé le moindre chagrin en apprenant la mort de son père... Il paressait même content.
- Ils ne se voyaient plus depuis plusieurs années, ceci explique peut-être cela mon adjudant ?
- C'est possible, mais je ne l'ai pas trouvé clair ce gaillard... Il doit nous trafiquer quelque chose.
- Drogue ?
- Ou un gros mensonge.

La découverte fortuite de l'arme mystérieuse dans le caveau de Francine Crubiet posait bien plus de questions qu'elle ne répondait à des interrogations légitimes de la part de la gendarmerie chargée de l'enquête.
Qui l'avait mise là et dans quelles intentions ?

Etait-ce tout bonnement pour la cacher ou bien pour orienter l'enquête dans une bonne ou une mauvaise direction ?

Y était-elle depuis le jour de l'enterrement de Francine ou avait-elle été cachée là seulement depuis quelques jours ? En tout cas, pas depuis le dimanche matin, la tombe avait été gardée en permanence par un gendarme.

Célestin fut interrogé sur le sujet par Jocelyne et Frouillard, en présence de maître Duchêne son avocat. Le fossoyeur resta muet comme une carpe. Depuis son emprisonnement à Saint-Brieuc *hale la patte* refusait de communiquer, recroquevillé sur lui même, il repoussait même toute nourriture.

Ce ne fut que lorsque l'O.P.J. l'informa de la mort de son beau-frère, qu'il réagit de manière laconique :

- Alors maintenant, rien n'a plus aucune importance, ma sœur est vengée.

- Que voulez-vous dire ?

- Je me comprends.

- C'est lui qui a tué votre sœur ?

- …

- Vous l'avez vu, et il vous menaçait ?

- …

- Si vous voulez sortir rapidement de cette prison, il faut nous aider à comprendre la vérité, s'énerva Jocelyne qui commençait à perdre patience.

- Je n'ai plus aucune famille, que voulez-vous que je fasse dehors ? Je suis bien ici.

- Si vous ne le faites pas pour vous, faites-le pour votre sœur… Pour sa mémoire…

Il se mit à pleurer.

Son avocat prit la parole.

- Je crois que mon client aimerait être seul.

Jocelyne Malenfant et Frouillard étant des êtres humains avant tout, ils sortirent du parloir.

Victor Tarin apprit la triste nouvelle alors qu'il allait passer à table avec sa petite famille. Le communiqué fut bref mais précis, ne laissant aucune ambiguïté sur les mesures à prendre.

Il s'y attendait bien un peu, mais il ne pensait pas que cela arriverait si tôt, elle avait à peine vingt ans… La force de l'âge… Pourtant, le message était écrit là, noir sur blanc, sur la première page de l'aide-mémoire du téléphone.

- Il y a longtemps que la nouvelle est arrivée ? demanda Victor.

- Une heure, à peine.

- Il n'y a plus aucun espoir ?

- Dans l'état actuel de l'avancée de la technique, j'ai bien peur que non !

- Que vais-je devenir sans elle ?

- Il y en a des dizaines d'autres sur le marché, tu finiras bien par en trouver une nouvelle à ton goût.

- Comment peux-tu parler de ma vieille compagne comme cela ?

- Oh et puis zut ! Ce n'était qu'une bagnole après tout, ça se remplace... De toute façon le garagiste m'a dit que, même si elle avait encore roulé, elle n'avait aucune chance de passer le contrôle technique, sauf celui de la casse où elle avait toutes les qualités requises pour être reçue première toutes catégories... Ce n'était plus qu'une vieille carcasse...

L'autopsie du corps d'Abel ne révéla rien sur les causes de sa mort et l'engloutissement rapide du lieu de la découverte par la marée montante n'avait pas permis aux gendarmes de récolter le moindre indice. Le suicide ou la chute accidentelle étaient les thèses les plus probables.

Les rares témoins qui avaient vu Abel se diriger vers le quai, parlaient d'un homme qui marchait mécaniquement et qui ne prêtait attention à rien ni personne. Il semblait isolé du monde des humains par un écran d'indifférence.

Des campeurs qui avaient élu domicile avec leur camion aménagé au bout de l'avenue, assurèrent aux enquêteurs qu'ils n'avaient vu personne d'autre se diriger vers le quai au cours de la journée.

- Si Abel s'est suicidé, dit Jocelyne à ses collègues, c'est qu'il y a une raison à son geste. Nous allons nous attacher à la découvrir.

- Il était peut-être excédé par tous les malheurs qui s'étaient accumulés sur son nom depuis quelques mois.

- Ou il ne voulait pas affronter nos questions et assumer son passé, reprit l'O.P.J. Une équipe est partie perquisitionner à son domicile, on devrait avoir les résultats avant la fin de l'après-midi. Qui s'est occupé de l'arme ?

- Moi ! Mais le labo ne m'a pas encore appelé, fit un jeune gendarme occupé sur le clavier de son ordinateur.

Allongé sur un lit en bataille dans son petit cabanon sur roulettes posé en permanence dans un des campings du Val-André, Fred regardait une émission fadasse à la télévision tout en avalant un morceau de pizza froide. Il n'avait pas pris le temps de la réchauffer, il avait toujours faim en rentrant de la pêche. Dehors, sa combinaison de plongée séchait au soleil, et un moteur poussif entraînait un groupe rechargeant ses bouteilles en oxygène.

Fred habitait là depuis sa libération de prison en janvier dernier, et vivait de la pêche clandestine des ormeaux et des coquilles saint-jacques. Son petit commerce risqué marchait bien, il envisageait l'achat d'un nouveau bateau…

Son portable sonna.

- Tu m'oublies Fred ! fit le correspondant.

- Mon père est mort hier.

- Je sais Fred, et je sais aussi que c'est une bonne nouvelle pour nous deux…

- Pourquoi ?

- Tu vas recevoir le paxon… Il ne s'agirait pas de faire l'égoïste…

- Je ne vous dois plus que cinquante mille francs sur mon temps passé en prison…

- Comme tu vas vite en calcul… Soixante mon Fredo, soixante… J'ai décidé d'augmenter tes intérêts de retard…

- De quel droit ?

- Qui parle de droit dans nos affaires… J'ai tous les droits, et toi le devoir de banquer… On passera peut-être même à soixante-dix demain, jusqu'à ce que tu payes tes dettes.

- Où vais-je trouver une somme pareille ? La gendarmerie me surveille, je ne peux plus aller à la pêche comme je veux…

- Ton enfoiré de papa a bien quelques sous de planqués ? Tu as encore la clé de la maison, alors va te servir… Ou alors…

- Ou alors ?

- Reprends du service pour moi, tu étais mon meilleur revendeur… L'argent est facile dans mon business… Tu le sais bien…

- Jamais !

- Alors démerde-toi !…

- Ce soir !

- Ce soir quoi ?

- On se retrouve à la cale des Hôpitaux... dit finalement Fred en caressant une puissante lame cachée sous son matelas...

Victor Tarin n'ayant plus de voiture pour se déplacer et Blanche refusant catégoriquement de prêter la sienne, le temps de prendre une décision, le journaliste ressortit sa vieille moto de cross qui ne lui servait que deux ou trois fois par an. Elle lui coûtait plus cher en entretien qu'elle ne valait à l'argus.

Quand il mit la main sur le guidon poussiéreux, il plongea une vingtaine d'années en arrière.

Il regarda le ciel d'un bleu très pur et se dit qu'après tout, quelques jours sur une pétrolette ne pouvaient être qu'agréables.

Coiffé d'un casque des années vingt en cuir, non réglementaire mais tellement agréable, il donna un coup de pied ferme et vigoureux sur le kick.

Elle ne broncha pas.

Il avait perdu l'habitude.

Au bout de la quatrième tentative, et trois hématomes sur la cheville, l'engin donna enfin signe de vie et emmena le correspondant de presse vers Erquy, pour une prise en main de la bête.

Il était loin de se douter en pataugeant dans le chemin qui conduit vers les Hôpitaux à travers le marais de Plurien, qu'il allait bientôt se retrouver le principal suspect d'un meurtre crapuleux.

Les experts en balistique étaient formels, le revolver qui avait été retrouvé fortuitement dans le caveau de Francine était bien celui qui avait servi à l'assassiner quelques années auparavant dans la Vallée de Diane. C'était une de ces armes de guerre employées par l'armée française en Algérie. Le numéro d'identification avait été savamment martelé, ce qui montait le nombre de suspects à plusieurs milliers de personnes.

- Abel Crubiet a-t-il participé aux évènements ? demanda Jocelyne en reposant le dossier de l'expert.

- Oui, comme des dizaines de garçons de sa classe dans la commune !

- On n'est pas plus avancé, déplora Jocelyne. Seul Célestin peut nous aider. Je suis sûre qu'il connaît le propriétaire de l'arme.

- Et si c'était lui l'assassin !

- J'en doute, le pauvre garçon a été manipulé depuis le début… Qu'est-ce qu'a donné la perquisition au domicile d'Abel Crubiet ?

- Rien qui puisse nous conduire à la vérité, s'excusa le gendarme, il faut chercher ailleurs.

- Célestin ! C'est lui le pivot de toute cette histoire, j'en suis de plus en plus persuadée. Demain matin, nous irons à Saint-Brieuc.

Il était tard et la pénombre commençait à envelopper la côte de Penthièvre. Des étoiles commençaient à scintiller et la traînée d'un avion de ligne prenait une teinte violacée.

Victor Tarin avait maintenant la moto bien en main. Il faisait doux ce soir-là, le printemps se décidait enfin à pointer le bout de son nez. Le journaliste musardait, il se décida à rentrer à Sables les Pins par la plage. La marée était basse et rouler dans le sable l'amusait.

Le journaliste dirigea sa moto de cross vers le parking des Hôpitaux réservé aux usagers du port. Les roues armées de puissants crampons de caoutchouc soulevaient des graviers et la vitesse grisait Victor qui maîtrisait de mieux en mieux la puissance du moteur. Quand il arriva dans la descente de la patte d'oie, les ombres des rochers et la nuit tombante lui réservèrent une surprise. Engagé en pleine vitesse, il vit trop tard un objet long étalé en travers de la cale, juste à la limite du sable. Il obstruait le passage et sa proximité rendait périlleuse une manœuvre de salut pour le motard.

Victor allait trop vite pour arrêter son engin sur si peu de distance… Il le savait…

Il appuya très fort sur la pédale de frein.

En une fraction de seconde il sentit que la collision frontale était inévitable.

Il allait tomber…

La roue avant de la moto percuta l'objet…

L'arrêt brusque souleva l'arrière de l'engin comme un cheval qui se cabre devant un obstacle qu'il ne veut pas franchir. Accusant le coup, Victor fut immédiatement désarçonné et projeté en avant, tête la première. Il sentit son corps faire un tour complet sur lui-même.

C'était interminable.

Une seule idée angoissante lui traversait l'esprit : où allait-il retomber ?

La réponse arriva brutalement.

Ses fesses heurtèrent violemment le sol à deux doigts d'une pointe de cailloux bien acérée et d'un bateau reposant sur le sable. Le souffle coupé, il resta groggy quelques instants.

Quand il reprit ses esprits, il sourit, heureux d'être en vie, puis il se palpa et bougea méthodiquement tous les membres.

- Ouf ! Rien de cassé, mais quel choc ! J'ai eu un de ces bols.

Il remarqua que le moteur de sa moto, dont la vitre du phare était brisée, tournait encore.

- Costaude la bécane !

Il se mit péniblement debout, remonta sur la cale et chercha ce qu'il avait heurté.

Il ne trouva rien.

- Bizarre ! Il y avait pourtant bien quelque chose sur cette cale tout à l'heure..., je ne suis pas fou... On aurait dit un paquet de vêtements abandonné...

En boitant légèrement, il retourna vers sa monture, la releva et décida de repartir vers sa villa, mais par la route cette fois ci. Les chemins de traverses ne lui réussissaient pas.

En repassant sur le parking des Hôpitaux, il remarqua distraitement qu'une des voitures avait disparu.

- Et si c'était... Non, ce n'est pas possible... C'était sûrement un animal... Un renard, c'est ça..., un renard faisant le mort pour passer inaperçu... Il a dû avoir mal le pauvre, il se souviendra longtemps de sa promenade nocturne... Moi aussi...

Quand la moto attaqua la côte raide qui remonte du port des Hôpitaux, Victor ne remarqua pas le bout incandescent d'une cigarette qui brillait derrière le pare-brise d'un véhicule dissimulé dans l'entrée du terrain de camping, non loin des cabines téléphoniques.

Une fois Victor passé, l'homme jeta son mégot, descendit de la camionnette et se dirigea vers la cale.

Jeudi 12 juin

Tôt ce matin-là, dans les murs tristes de la prison de Saint-Brieuc, l'interrogatoire de Célestin avait repris.

Le fossoyeur semblait plus coopératif.

Son avocat lui avait parlé de la possibilité de clémence du jury, s'il apprenait qu'il avait coopéré à l'arrestation de l'assassin de Francine.

- Alors Célestin, dit Jocelyne avec une voix toute maternelle, êtes-vous décidé à nous dire la vérité ce matin ?

- Oui madame.

- C'est bien Célestin, le juge tiendra compte de votre bonne volonté.

- Je vais retourner chez moi ?

- Ce n'est pas à moi de décider, mais je vous aiderai…, de tout mon possible…

Célestin n'osait pas regarder l'O.P.J. dans les yeux, il fixait ses doigts avec lesquels il jouait de façon mécanique tout en les faisant craquer.

- C'est promis Célestin, reprit Jocelyne en lui posant la main sur les siennes…

- Je n'ai tué personne madame…

- Je sais que ce n'est pas vous… L'assassin s'est servi de votre gentillesse… Et lui Célestin, le coupable, il est en liberté, et vous allez payer à sa place…

- Ce n'est pas juste… sanglota le fossoyeur.

- Qui a mis le revolver dans le caveau de votre sœur.

- C'est moi !

- Quand ?

Il regarda son avocat qui lui fit signe de répondre.

- Le… le jour de… de l'enterrement de Fra… Francine… C'était facile, c'est moi qui ai refermé le ca… caveau…

- Vous étiez seul ?

- Personne ne reste à voir ça… Ca leur fait peur à ces hypocrites… Mais moi, je suis fo… fossoyeur… reprit fièrement Célestin en se redressant.

- Pourquoi avez-vous caché l'arme dans le caveau de Francine ?

- Il me l'avait de… demandé, fit Célestin en baissant la tête comme un chien battu.

Victor Tarin examinait la moto qui avait accusé la chute de la veille. Le phare et le clignotant gauche étaient cassés, la fourche tordue et des égratignures sur la peinture du réservoir ne passaient pas inaperçues.

- Comment as-tu fait ton compte ? demanda Blanche qui était descendue au garage en chemise de nuit.

- Je n'ai rien pu faire pour éviter la collision, l'animal était couché de tout son long en travers de la route...

- Tu es sûre que c'était un animal ? s'inquiéta Blanche.

- Si cela avait été autre chose, je l'aurais retrouvé sur la cale après le choc, or j'ai eu beau chercher, il avait disparu... sans demander son reste... C'était quelque chose de vivant, j'en reste persuadé. En tout cas, il y avait bien longtemps que je n'avais pas pris une gamelle comme celle là... J'ai eu du bol de ne pas me fracasser la tête sur les cailloux...

- Et toi, ça va ?

- J'ai encore un peu mal aux fesses, mais ça ira ! rassura Victor qui souffrait plus qu'il ne l'avouait...

Blanche fit le tour de l'engin et remarqua que quelque chose avait été arraché à l'arrière.

- Qu'est-ce qu'il y avait là ? montrait-elle du doigt.

- Zut ! J'ai perdu la plaque minéralogique... Elle doit être restée sur place... Je vais aller la rechercher après déjeuner.

Le maréchal des logis chef Jocelyne Malenfant encourageait Célestin à aller plus loin dans ses confidences.

- Qui vous a demandé de cacher l'arme dans le caveau ?

Célestin baissa de nouveau la tête et se renferma dans son silence.

- Il faut continuer Célestin, encouragea l'avocat, il y va de notre avenir, vous ne devez pas couvrir un assassin…

- C'est Abel ! fit-il en se cachant le visage.

- Je m'en doutais ! dit Jocelyne… C'est lui qui a tué Francine ?

- Peut-être, enchaîna Célestin.

- Pourquoi vous a-t-il demandé de cacher l'arme ?

- La veille de l'enterrement, alors que nous n'étions plus que tous les deux à ga… garder le corps, il m'a confié un grand secret.

Célestin raconta dans le détail des évènements vieux de neuf ans, qui étaient ancrés dans sa mémoire pour toujours :

« Ce soir-là, seul le déclenchement sporadique de la table réfrigérante où était posé le corps de Francine tranchait net le silence qui enveloppait la pièce mortuaire. Toute la journée, les voisins, les amis et la famille s'étaient pressés pour rendre un dernier hommage à une jeune femme populaire, qui avait été fauchée dans la force de l'âge par un lâche d'assassin. Chacun cherchait à savoir qui avait pu faire une horreur pareille.

« Quand le dernier visiteur eut aspergé le corps d'eau bénite, Abel se retrouva seul avec son chagrin et le silence.

« Sur les coups de 23h00 martelés à la vieille horloge murale qu'Abel n'avait pas voulu arrêter, Célestin arriva en claudiquant. Il avait acheté une nouvelle casquette pour l'occasion et avait abandonné son éternel mégot de cigarette.

« - Que viens-tu faire là ? lui demanda sèchement Abel, ta sœur ne peut plus te donner d'argent.

« Célestin ne répondit pas, sachant bien qu'Abel souffrait et qu'il était inutile de polémiquer avec un homme torturé par la mort de sa femme.

« Ils restèrent ainsi des heures sans se parler.

« Ni l'un ni l'autre ne songeaient à aller se coucher. Ils se remémoraient en silence les bons moments du passé, quand Francine ensoleillait leur vie. De temps en temps une toux sèche, un reniflement ou un soupir, témoignaient à chacun la présence de l'autre.

« C'est Abel qui engagea la conversation :

« - Veux-tu boire quelque chose Célestin ?

« - Si tu veux Abel !

« Le veuf servit deux larges rasades de goutte dans un verre à vin. Abel distillait encore quelques centaines de degrés légaux d'eau de vie et quelques dizaines supplémentaires pour offrir aux amis, en connivence avec le bouilleur de cru.

« Après plusieurs verres du même acabit, avalés de plus en plus prestement, Abel devint plus loquace.

« - Je t'aime bien quand même Célestin, même si tu n'es qu'un bon à rien, après-tout tu es le frère de Francine… Non ?

« - Je t'aime bien aussi Abel ! appuya le fossoyeur en essuyant une larme.

« - Alors, je vais te confier un secret Célestin !

« - A moi A… Abel… Un secret ?

« - Oui mon Célestin, à toi ! Mais il faudra l'enfouir très loin dans ta mémoire et ne le répéter à personne.

« - Je te le jure sur le cadavre de ma pauvre sœur ! fit Célestin en crachant par terre et en tapant dans la main d'Abel pour sceller le pacte.

« Abel se leva et se dirigea vers la cuisine.

« Grimpant difficilement sur une chaise - l'accumulation d'alcool faisait de l'effet - il attrapa un objet enveloppé dans un linge, qui était caché sur le haut du buffet.

« - Tu sais ce que c'est ça, Célestin ?

« - Un jambon ?

« - Que tu es couillon !

« - Un chandelier ?

« - Le passeport de l'enfer pour le meurtrier de Francine…

« Le fossoyeur avala un nouveau verre d'alcool pur. Il restait sans voix. Il ne comprenait pas ce que voulait lui dire son beau-frère.

« - C'est le goupillon du curé ?

« - C'est le revolver qui l'a tuée. Imbécile !

« - C'est toi qui a fait ça ? se leva Célestin l'air menaçant tout en pointant le cadavre de sa sœur.

« - Calme-toi, *hale la patte*, je vais t'expliquer.

« - Vaudrait mieux Abel ! Vaudrait mieux.

« - Je savais que Francine avait rendez-vous dans la Vallée de Diane l'autre soir, et je l'ai suivie…

« - Pourquoi ?

« - C'était ma femme Célestin, et j'allais être cocu ! Je voulais savoir qui était ce salaud.

« - Et tu l'as vu ?

« - Oui !

« - C'était qui ?

« - Je ne sais pas, il faisait trop sombre…

« - C'est con !

« - Comme tu dis…

« - Mais alors, qui a tué ma sœur ?

« - Un autre…

« - Un autre ?

« - Oui ! Un autre, le coup de feu est parti des fourrés… J'ai vu la flamme sortir du canon…

« - Et après ?

« - Le gars s'est rhabillé et il s'est enfui sans demander son reste… Puis l'assassin a jeté le revolver près du cadavre de ma femme avant de partir calmement…

« - Et tu l'as ramassé ?

« - Bien sûr, puisque le voilà…, aide-moi à m'en débarrasser Célestin, et je te donnerais ce que tu veux.

Le fossoyeur réfléchit un temps, avant de lancer à mi-voix, comme s'il avait peur de la réponse de son beau-frère.

« - Même une rente mensuelle ?

« - Cinq-cents, ça te va ?

« - Mille.

« - Fais en ce que tu veux… Je ne veux plus jamais en entendre parler… »

Le maréchal des logis chef Jocelyne Malenfant resta quelques instants dubitative, rassemblant tous les éléments, puis avança :

- Pourquoi avoir voulu le ressortir après tant d'années ?

- Il ne voulait plus me verser ma rente.

- Pourquoi ?

- Il croyait que c'était moi le responsable de la mort de ses vaches…, que j'étais soudoyé par Gaston Grignonet pour le déstabiliser dans la course aux élections.

- Gaston Grignonet, le maire de Plurien ?

- Oui !

- Et c'était vrai ?

- Je n'ai rien à voir avec cette histoire… Rien… Je vous le jure…

- Je ne comprends pas pourquoi vous avez voulu ressortir l'arme de sa cachette, personne ne serait jamais aller la rechercher dans un tel endroit ?

- Pour lui faire peur, et l'obliger à me payer… Je suis sûr qu'il m'a menti le soir-là, et que c'est lui qui a tué Francine… Il a eu peur de mon té… témoignage, et c'est pour cela qu'il s'est suicidé… C'est un lâche…

Quand Victor Tarin arriva au port des Hôpitaux, il ne s'attendait pas à l'accueil qui lui fut réservé. L'adjudant Frouillard était très ennuyé de ce qu'il allait devoir faire au journaliste, mais sa fonction n'accordait que très peu de place aux sentiments amicaux.

- Que se passe-t-il ? demanda Victor cherchant un endroit stable pour poser la béquille de sa moto.

- C'est à vous de nous le dire, répondit mystérieusement le gendarme, j'ai l'impression que vous vous êtes encore fourré dans un drôle de pétrin.

- Je ne comprends pas ! continua Tarin en se débarrassant de son casque d'aviateur.

- Il va falloir me trouver une bonne explication sur la présence d'une plaque minéralogique enregistrée à votre nom à côté du corps…

- Quel corps ?

- Celui que le gardien des mouillages a retrouvé étendu sur la cale ce matin…

- Il est…

- Il aurait eu beaucoup de mal à s'échapper avec un tel poignard planté entre les omoplates ! continua Frouillard en montrant l'arme enveloppée dans un sachet plastique.

- Qui est-ce ?

- Raymond Talouët, vous le connaissez ?

- Non… Euh ! si, vaguement, c'est le chef d'un parti politique local très virulent, j'ai plusieurs fois passé des communiqués dans le journal pour les fêtes qu'il organisait… Qui l'a tué…

- On a retrouvé de nombreuses traces de moto de cross sur le parking…, un peu comme la vôtre… Il y a aussi une marque de freinage, des débris de phares et de clignotants à côté du corps… Tiens mais, on dirait que vous avez fait une chute ?… Vous avez perdu votre plaque ?

- Oui, hier soir ! avoua Victor qui trouvait inutile de s'enfoncer dans un mensonge.

- C'était vous ?

- J'ai bien peur que oui !

- Pourquoi avez-vous tué Raymond Talouët ?

- Doucement mon adjudant, j'ai fait une chute sur la cale, mais je n'ai pas poignardé ce type… Ne concluez pas trop vite…

- Comment êtes-vous tombé ?

- J'ai butté dans quelque chose allongé sur le goudron.

- Le corps ?

- Peut-être.

- Vous ne savez pas avec quoi vous êtes entré en collision ? C'est curieux.

- Quand je me suis relevé, il n'y avait plus rien...

- Vous n'avez pas remarqué quelque chose d'insolite depuis votre... nouvel engin ?

- A première vue non... Ah si ! Attendez... Il y avait deux voitures sur le parking quand je suis arrivé... il n'en restait qu'une à mon retour...

- Celle qui reste encore ce matin, elle appartenait à la victime... Vous souvenez-vous bien de l'autre ?

- Il faisait sombre, je n'ai vu ni le modèle ni la marque, mais je crois que c'était une de ces camionnettes qui servent à livrer.

- La couleur ?

- Aucune idée.

- Que faisiez-vous au port des Hôpitaux à cette heure-là ?

- La nostalgie du passé mon adjudant, je voulais traverser la plage de Sables d'Or les Pins sous les étoiles...

- Décidément vous ne grandirez jamais mon pauvre Victor...

La nouvelle de la mort violente du colleur d'affiches sonna bientôt au clocher de Plurien. Cela portait à deux le nombre de victimes en quelques heures dans une commune qui commençait de plus en plus à ressembler à Chicago les Pins.

Au bar *Chez Suzon*, les conversations étaient alimentées pour de longues heures... Il suffisait d'ouvrir le robinet des rancœurs pour remplir les seaux de la calomnie... Les questions et les réponses fusaient sans retenue...

- Qui pouvait bien en vouloir à Raymond Talouët pour l'assassiner aussi froidement ? demanda l'un.

- Mais tout le monde ! répondit le *savant de Paris*, tous ceux à qui il a fait des vacheries, et il sont nombreux... A propos, de quoi vivait-il ?

- Il était titulaire d'une pension militaire, obtenue en Algérie...

- Blessure de guerre ?

- Officiellement, répondit un joueur de billard.

- Que veux-tu dire par-là ?

- D'après un gars qui était dans son régiment, il s'est tout simplement tiré une balle dans la jambe pour être rapatrié au plus vite en France...

- Tire au flanc ?

- Instinct de conservation... Il paraît qu'il avait sauté la fiancée du colonel, et que le gradé voulait lui faire la peau en opération... Il avait d'ailleurs échappé de justesse à un guet-apens le matin de sa fameuse blessure...

Au port des Hôpitaux, où Victor fut rapidement mis hors de cause, les techniciens de l'identité criminelle descendus de Saint-Brieuc relevaient tout ce qu'ils pouvaient pour tenter de confondre rapidement l'assassin de Raymond Talouët.

- Que cherchez-vous ? demanda Victor à Frouillard en admirant tous ces hommes en blancs s'affairer sur la scène du crime.

- Des indices oubliés par le criminel.

- Il n'en a peut-être pas laissé ?

- Ils en laissent toujours, même les plus malins ! Avec les moyens d'identifications actuels, chaque détail peut avoir son importance, le moindre cheveux peut se révéler utile.

- Sauf si le criminel est chauve ou qu'il a eu la malice de disséminer les cheveux d'un autre pour tromper les enquêteurs…

- Vous voulez plaisanter, mais ça s'est vu Victor ! dit sérieusement Frouillard.

- Avec l'empreinte génétique mon adjudant, continua Tarin tout en prenant des notes, plus d'erreur possible ?

- Ce que l'on présente comme la panacée du Sherlock Holmes d'aujourd'hui dans les feuilletons télévisés ou les romans policiers, est un leurre.

- Expliquez-vous.

- Quand on a le profil génétique sur notre dossier, on n'est pas plus avancé. Ce n'est pas le tout de savoir comment est formé l'A.D.N. du suspect si on ne sait pas à qui l'attribuer… Il n'y a pas de fichier de données…

- Heureusement !

- Pour la liberté des honnêtes gens je suis d'accord, mais ce serait plus facile pour confondre de dangereux assassins… Des violeurs d'enfants par exemple… ou des tueurs en série… La liberté de chacun… etc. vous connaissez la suite…

- C'est là que l'intelligence humaine, le sérieux d'une enquête, la force de déduction, le professionnalisme et l'esprit d'équipe des enquêteurs rentrent en piste…

- Je ne vous le fais pas dire… se gonfla Frouillard, vous avez tout compris monsieur le journaliste qui a failli se retrouver en garde à vue.

Un des gendarmes penchés sur le cadavre de Raymond Talouët, se releva et dit soudain à son camarade photographe en se frottant le nez :

- C'est curieux, mais j'ai l'impression qu'on lui a pissé dessus…

- C'est vrai qu'il pue bizarrement ce macchabée !

- C'est son odeur naturelle messieurs, lança Victor Tarin en prenant encore deux ou trois photos. Ce gros porc devait se laver mensuellement avec l'eau de sa cuvette de chiottes.

Une fois de plus, Plurien recevait un violent coup de massue en plein estomac sans pouvoir l'esquiver. Personne ne pleurait Raymond Talouët, loin de là, mais cette fois, on espérait que c'était le dernier soubresaut de la bête qui avait déjà endeuillé la commune deux fois…, trois si on comptait l'assassinat de Francine Crubiet.

Chez Suzon, l'apéritif était joyeux.

- Le criminel est mort ! Nos ennuis sont terminés mes amis ! Après avoir enterré dignement nos défunts nous allons pouvoir reprendre une activité normale… J'offre une tournée générale et je lève mon verre à la prospérité nouvelle. Et à notre victoire aux prochaines élections…

- Vive le maire ! Vive le conseil municipal… Vive la gendarmerie…

- Je ne partage pas votre enthousiasme monsieur le maire, avança un des consommateurs attentifs debout devant le flipper. Je pense au contraire que le mystère s'épaissit de plus en plus.

Cet objet, hors service depuis plusieurs années, servait de dépotoir à Suzon qui y entreposait pêle-mêle les vieux journaux et les publicités qu'elle recevait quotidiennement par la poste. Il lui avait été demandé plusieurs fois par des antiquaires, mais Suzon refusait de vendre à ces *margoulins de la démerde* comme elle disait.

Elle n'avait jamais digéré l'achat - que dis-je, le vol - par l'un d'eux, d'une superbe table de ferme sculptée en chêne massif et ses bancs à l'avenant contre quelques francs, et le troc d'un superbe ensemble *chaises-buffet* en formica jaune et rouge… Sa mère s'était laissée faire par les trompettes de la mode des années 60 et le bagou bien affûté d'un maître de l'arnaque, qui avait fait une fortune considérable avec la naïveté des campagnards avides de ressembler aux *villotins*.

- Les coupables ne sont peut-être pas ceux que l'on croit… continua le perturbateur professionnel. Il y a beaucoup d'intrigants dans cette affaire… L'avenir nous réserve de grosses surprises…

- Tiens, les gendarmes vous ont relâché ? se retourna le maire.

- On dirait que ça vous ennuie Gaston ?

- Ne prenez pas tout au sérieux Victor, ce n'était qu'une boutade… Mais, que vouliez-vous dire tout à l'heure avec votre *mystère qui s'épaissit* ?

- Dans cette affaire très complexe, si on réfléchit bien il n'y a que des questions sans réponse… Quand on croit toucher au but, on s'en éloigne d'autant plus. Rien n'est encore résolu…, l'énigme reste entière.

- Pour moi au contraire, c'est très simple…, Raymond Talouët est le coupable… Point final…

- C'est facile d'accuser un mort… Mais alors, qui a tué l'assassin ? Un justicier masqué ?

- Il s'est peut-être suicidé ?

- En se poignardant deux fois. Une première dans l'abdomen et la seconde dans le dos ? C'était un fort en gueule et un gros costaud votre putois, mais pas un contorsionniste.

- Crime crapuleux ?

- Non ! Il allait à un rendez-vous. Les gendarmes sont formels, il a été assassiné par quelqu'un en qui il avait confiance… Il ne se méfiait pas, sans quoi il n'aurait pas laissé sa voiture aussi voyante au milieu du parking…

- Son mystérieux rendez-vous l'a peut-être .., provoqué ?

- S'il avait été attaqué, il se serait défendu, il en avait les moyens puisqu'il était armé. Aucune trace de lutte n'a été retrouvée … Mais j'y pense, reprit Tarin, vous étiez très lié avec Raymond Talouët monsieur Grignonet, et les plus grands amis sont parfois nos pires ennemis…

- Ridicule…

- Où étiez-vous hier soir ?

- Vous êtes pire que les gendarmes Tarin, aussi curieux, mais plus mal élevé… Ce que je faisais hier soir, ça ne vous regarde pas… Petit con…

- Boutade monsieur le maire ! Boutade…

Gaston fit un geste de lassitude en balayant l'air devant sa figure. Vexé il se retourna vers le bar et avala son verre d'alcool d'un seul trait.

- Qui a égorgé les vaches ?… Qui a mit le feu à la porcherie ?… Qui a assassiné Francine ?… Qui a tué Abel ? reprit Victor, bien décidé à provoquer le maire. Autant de questions pertinentes qui restent sans réponses !

- Relisez vos articles Tarin, tout y est… s'énerva Gaston en exhibant un exemplaire de la *Chronique de l'Ouest*, Abel s'est suicidé.

- Pourquoi s'est-il jeté du haut du quai Barrier ?… Hein ! Pourquoi ? Pour se disculper ou… protéger quelqu'un ?

- Qu'est-ce que j'en sais moi… Ce n'est pas mon problème… Il avait peut-être peur que l'on découvre la vérité sur ses magouilles.

- Quelle vérité ? Quelles magouilles ?

- Demandez à Raymond ! fit le maire en éclatant de rire… C'est peut-être ce que vous avez tenté de faire hier soir… Vous vous êtes énervé… Il s'est défendu… Et vous l'avez tué… C'était de la légitime défense… Le jury sera peut-être indulgent…

Les amis du maire éclatèrent de rire et Tarin encaissa sans broncher. Puis il continua après avoir pris quelques notes :

- Vous oubliez la profanation ?

- C'était Célestin, il a avoué… Vous avez vraiment la mémoire courte mon jeune ami, il va falloir consulter.

- Célestin a voulu nous dire quelque chose de grave avec son crime… Ce pauvre garçon n'a pas retourné la tombe de sa sœur par pur acte de vandalisme mais par conviction... Il voulait remettre la main sur l'arme du crime... Il sait qui est le meurtrier de Francine...

Victor Tarin s'adressa à tous les consommateurs et les menaça, pour tenter de provoquer quelque chose. Quoi ? Il ne savait pas lui-même. Il cherchait la vérité, c'est tout... Et faire un bon article, bien entendu.

- Et vous aussi bande de lâches, vous savez qui a tué Francine... La plupart d'entre vous sait de quoi il retourne, j'en suis convaincu... Vous dissimulez un terrible secret messieurs... Pire..., vous protégez un assassin... et il peut encore frapper, réveillez votre civisme avant qu'il ne soit trop tard...

- Alors cherchez-le, et bonne chance monsieur le fouille merde. Mais attention où vous mettez les pieds !

- Tiens, vous prenez la place de votre pitbull, Grignonet ! Vous mordez aussi bien que lui...

- J'en ai assez entendu ! fit le maire, et il remonta dans sa camionnette garée devant l'église.

Vendredi 13 juin

Cette journée spéciale, porte-malheur pour les uns et porte-bonheur pour les autres, ne dérogea pas à sa réputation dans l'affaire de Plurien.

Les bons y furent soulagés et les méchants y furent punis. Pour être honnête, les bons n'étaient pas très gentils et les méchants avaient des circonstances atténuantes. Bref, personne n'était clair dans cette histoire où les portes se refermaient à double tour sur des secrets de famille, de peur de se faire éclabousser.

Les surprises du vendredi 13 démarrèrent très tôt et très fort chez Victor Tarin par un coup de téléphone inattendu et très mystérieux.

- Victor Tarin ? questionna la voix.
- J'écoute !
- Je sais qui a tué Raymond Talouët ! fit tout de go une voix sourde, volontairement masquée.
- Comment cela ? s'étonna le correspondant de la *Chronique de l'Ouest*.
- J'étais là...
- Qui est-ce ? demanda Victor très excité.

- Pas au téléphone, venez me rejoindre tout au bout du boulevard de la Mer à Sables d'Or les Pins, à côté de la barrière qui interdit d'aller à la lagune.

- Quand ?

- Tout de suite !

- Comment vous reconnaîtrai-je ?

- Je sais qui vous êtes...

- Mais pourquoi m'avez-vous choisi pour vos confidences plutôt que les gendarmes ?

Pour toute réponse il n'entendit que la tonalité monocorde et hachurée des télécoms.

Il tenta de connaître le numéro appelant, mais son correspondant avait appelé d'une cabine. Tarin n'était pas plus avancé...

Victor resta un instant interdit devant cette proposition insolite. Il en fit part à Blanche qui sirotait son verre de jus d'orange sur la terrasse de la villa. Il faisait enfin un temps digne d'un mois de juin.

- N'y va pas Victor, fit Blanche en lui versant une tasse de café, c'est peut-être un guet-apens. Pense à ta fille et... à autre chose ?

- Quoi ?

- J'ai peut-être une surprise pour toi.

Victor n'écoutait plus, il était excité comme un gamin devant un train électrique tout neuf, plus rien d'autre ne comptait.

- Tant pis, j'y vais... reprit Tarin sans prêter attention à ce que lui disait Blanche.

- Hé ! Tarin ! Je te parle... Victor Tarin, ouh-ouh !

- De quoi ? Que dis-tu ?

- Ce n'est rien... on verra ça plus tard quand tu seras redescendu sur terre...

En roulant sur sa moto à la fourche tordue, Victor Tarin se félicitait d'avoir écrit l'article provocateur qui paraissait dans le journal de ce fameux vendredi 13 juin. Son mystérieux correspondant avait réagi et il voulait soulager sa conscience.

- Ou bien c'est un des enragés du crachoir à insultes qui se sent attaqué et veut me donner une leçon... D'ailleurs il est déjà là... termina Tarin en arrivant au point de rendez-vous.

Un homme visiblement pressé l'attendait.

- C'est vous ! s'étonna Tarin en voyant son mystérieux correspondant les deux mains sur les hanches. Si je m'attendais à ça !...

A la brigade de gendarmerie de Pléneuf, l'enquête - les enquêtes devrions-nous dire, tellement les faits s'entremêlaient pour former un gigantesque écheveau - avait fait de gros progrès. Grâce à la découverte capitale des scientifiques briochins, Jocelyne Malenfant avait maintenant la preuve indéniable que l'incendie de la porcherie de La Bouillie était criminel.

Fort de ce constat nouveau, l'O.P.J. avait immédiatement lancé ses limiers dans la recherche du mobile, la clé de voûte de l'édifice.

Ils avaient suivi deux pistes.

La première était celle d'une vengeance extérieure contre Abel Crubiet et le premier nom qui arriva sur la liste des gendarmes, fut celui de Gaston Grignonet. Son mobile aurait été de déstabiliser Abel, son concurrent direct à la mairie dans les élections à venir. Une enquête approfondie fit ressortir que le maire de Plurien était une personne droite, incapable de monter un tel stratagème. De plus, Gaston Grignonet était dans un club de vacances aux Baléares toute la semaine où eut lieu l'incendie de La Bouillie, donc il avait un alibi parfait. Tout l'innocentait..., pour cette affaire-là...

On pensa aussi à Guillaume la Hunaudaye, qui avait besoin du terrain Crubiet pour agrandir son parking, mais l'enquête démontra que, depuis le début, Abel négociait en secret avec son notaire afin d'obtenir le meilleur prix du promoteur castin. La Hunaudaye était au courant de ses tractations et le compromis qui était en passe d'être signé par les deux parties, devait servir à la campagne électorale de Crubiet, qui était soutenu financièrement par le promoteur.

Le troisième nom sur le catalogue des méchants de service, de loin le plus intéressant, était Raymond Talouët. Avec cet oiseau là tout était possible. Il pouvait même avoir été fourvoyé et soudoyé par Grignonet. L'adjudant-chef Frouillard allait signer sa demande de mise en garde à vue immédiate, quand un élément nouveau vint tout chambouler, et apporter la réponse nette à l'énigme de l'incendie de la porcherie de La Ville-Théart : ce fut le dépôt d'une plainte inattendue émanant de la société d'assurance *Groupmoitoula*...

Les affaires d'Abel Crubiet n'étaient pas si florissantes qu'il voulait bien le faire croire. Ecoutant les sirènes de la *Coopérative des Gogos*, Abel avait contracté de gros investissements à l'agence locale du *Crédit Agiotique*.

- Faites des cochons, lui avaient dit les techniciens agricoles en lui offrant un joli voyage aux Canaries... On s'occupe du reste...

Et en effet, ils s'étaient occupé du reste...

Ils avaient tondu le mouton.

Les cours de la viande chutaient désespérément et ses dettes augmentaient proportionnellement.

Le chef de son agence bancaire lui avait dit en lui mettant la main sur l'épaule :

- N'ayez crainte Abel, je serais toujours derrière vous pour vous épauler !

Et en effet, il avait tenu parole le bougre.... il avait accompagné l'huissier...

Abel était au bord du précipice, et les « conseilleurs » lui avaient donné un bon coup de main… Mais ils l'avaient poussé trop fort, et le pauvre éleveur était tombé…

C'était la faillite…

L'avenir est aux audacieux… entend-on parfois, c'est faux, il est aux malicieux…

Désespéré et acculé au bord du précipice, Abel avait mis le feu à ses porcheries. Il espérait toucher une coquette somme de la part de son assurance. Son courtier ne faisant jamais d'enquête pour encaisser des chèques, en fit une très approfondie pour éviter de payer les pots cassés. Sa conclusion fut sans appel :

- Arnaque aux assurances, on ne paye pas monsieur Crubiet.

Jocelyne Malenfant referma le dossier de l'incendie et supposa, sans en avoir les preuves, que l'agriculteur était aussi à l'origine des vaches égorgées.

Abel étant mort, on ne saurait jamais.

Victor Tarin n'était qu'à moitié surpris du nom que lui avait révélé son indicateur. Il y avait bien pensé un petit peu, il se l'avoua, mais il avait rapidement abandonné cette piste. Il n'avait pas trouvé de mobile.

- Cet homme est sûrement le pivot de toute cette histoire, toutes ces morts mystérieuses tournent autour de lui…

Il téléphona à la gendarmerie pour donner les nouveaux éléments qu'il avait en mains et se dirigea vers la maison du suspect, pour être le premier à photographier la scène de l'arrestation.

- Après-tout ! se dit-il pour se justifier, je suis journaliste…

Quand les gendarmes de Pléneuf arrivèrent devant le domicile de l'assassin de Raymond Talouët, ils formèrent un périmètre de sécurité…

On ne sait jamais, il pouvait être armé.

- Gendarmerie Nationale, lança l'officier de police judiciaire à travers un porte-voix. Ouvrez immédiatement et sortez les mains en l'air !

Aucune réponse ne parvint.

- A trois, si vous n'obtempérez pas, nous enfonçons la porte ! prévint Jocelyne.

Toutes ces menaces étaient inutiles et vaines, il n'y avait personne. L'assassin était en vadrouille. Les militaires n'eurent aucun mal à ouvrir la porte de la maison, elle n'était jamais fermée à clé…

A ce moment là, une camionnette arriva en vue de la maison. Quand le conducteur aperçut le comité d'accueil qui attendait devant chez-lui, il comprit tout. Il fit demi-tour, et reprit la route.

Jocelyne Malenfant le vit :

- La-bas, c'est lui, il s'échappe, tout le monde en voiture.

- Il n'ira pas loin, notre voiture est plus rapide que la sienne, se vanta un jeune gendarme.

C'était sans compter sur la parfaite connaissance des lieux par l'assassin. Il s'enfonça dans des petites routes de campagnes et se trouva bientôt hors de portée de ses poursuivants.

Que lui restait-il comme alternative ?

Il était découvert, sa liberté n'était plus qu'illusoire, tôt ou tard il savait qu'il serait pris et traîné devant la justice … Et alors, adieu aux projets, adieu à l'avenir… Dans le cerveau d'un être humain traqué qui n'a plus rien à perdre, il naît souvent des idées folles.

- Puisque je suis foutu… Je vais leur offrir un baroud d'honneur à ces cons…, ils vont avoir droit à un feu d'artifice avant l'heure…

Il prit le chemin de Plurien.

La camionnette du suspect arriva en trombe par la rue du Montangué. Manquant de renverser un vélomoteur bruyant monté par un jeune loup paradant sans casque, il prit le virage conduisant à la place de l'église sur les chapeaux de roues et pila net dans un crissement de pneus *à l'américaine*.

Il s'arrêta net devant le bar « Chez Suzon. »

Les clients ne furent pas longs à sortir, suivis de près par les habitants du bourg. Tous avaient entendu la soucoupe volante se poser, et voulaient voir la tête de l'hurluberlu qui confondait les rues de Plurien avec celles du Grand Prix de Monaco.

- Que se passe-t-il encore à Plurien ? demanda le cordonnier en sortant du local du Vélo-Club.

- De la viande saoule ! répondit le boucher en tablier qui arrivait avec son vélo à remorque chargé de bric-à-brac.

Pensant à un accrochage, donc à une voiture à réparer, le mécanicien accourut.

Le conducteur fou, qui n'était pas ivre, abandonna son véhicule au milieu de la rue, y alluma deux fusées de détresse et se précipita vers l'église, bien décidé à aller au bout de son idée farfelue. Il pataugea quelques instants dans le bassin d'où il invectiva la vieille Mado qui sortait de l'église. Il lui fit même voir son fondement :

- Tiens regarde, vieille sorcière, c'est peut-être la première fois que tu en vois un !

La pauvre femme, qui n'avait pourtant pas sa langue dans sa poche, n'osa rien répondre tellement elle avait peur. Elle se signa nerveusement.

La voiture s'enflamma, risquant à tout moment d'exploser en plein bourg.

Au moment où Victor Tarin arriva avec sa moto, il devançait les gendarmes, le forcené entreprit l'ascension du contrefort situé près de la petite porte de l'église. Il se hissa lestement jusque l'escalier en pierre conduisant sur le faîte de la toiture. Des cris de désapprobations l'accompagnèrent. Même les pigeons se demandaient ce que ce bonhomme sans aile venait faire là, sur leur observatoire.

- Il est fou ! entendait-on.

- Il est drôlement agile ! reconnu le *savant de Paris* en connaisseur.

L'assassin le prouva en grimpant jusqu'au-dessus des clochetons. Il s'y tint debout, un pied sur celui de droite et un autre sur le gauche, haranguant la foule de curieux.

- Vous voulez vous débarrasser du monstre, mais vous ne m'aurez pas vivant !

- Ne faites pas l'imbécile, lui lança Tarin, descendez, on va parler de tout ça au calme. Il y a sûrement une solution à vos problèmes.

- Personne ne peut plus rien pour moi…, sauf lui…, et encore ?

Et il pointa le ciel du doigt, comme les pompiers d'Erquy arrivaient sur les lieux.

La place était écrasée par la chaleur d'un printemps tardif qui voulait se faire pardonner sa négligence. Un important dispositif policier était maintenant en place devant et derrière l'église. Tout le monde attendait avec angoisse la fin de cette affaire. Chacun espérait qu'elle ne finirait pas dans le sang.

Grâce à leur savoir-faire, les pompiers maîtrisèrent rapidement l'incendie et tout danger d'explosion fut écarté.

Restait le funambule improvisé qui marchait sur la toiture d'une des plus belles églises de la région consacrée à saint Pierre. Il était bien décidé à ne pas quitter son observatoire.

Engourdi par sa position instable, il fut bientôt obligé changer de place. Il entreprit de redescendre du double campanile. Cette manœuvre n'était pas aussi aisée que la montée. Plusieurs fois sa chaussure ripa. Il dut s'y prendre à plusieurs reprises, sous les « oh ! » et les « ah ! » de la foule électrisée...

- Soyez raisonnable, lança Jocelyne Malenfant. Vous avez fait des bêtises, soit, mais ça peut encore s'arranger..., vous n'êtes peut-être pas entièrement responsable... Il faut en parler... Descendez...

- Allez vous faire foutre... lança-t-il sans prendre de gants, tout en entreprenant une marche périlleuse sur les tuiles de faîtages.

Il voulait rejoindre la tour et grimper sur le clocher... C'était un sportif, mais plusieurs fois il faillit perdre l'équilibre. La foule retenait son souffle et criait sa peur de l'issue fatale, au rythme de ses faux pas.

Soudain, alors qu'il touchait au but, gêné par le câble anti-chiures de mouettes[4] tendu entre le clocher et les clochetons, il perdit l'équilibre pour de bon et se jeta dans le vide. Dans sa chute, il heurta la toiture, et retomba miraculeusement à califourchon sur la niche qui renferme la statue de la Vierge à l'enfant qui trône sur le portail.

Ses pieds pendaient vers le sol… Il souffrait… Il avait un bras et une cheville cassés… Une large blessure à la tête lui ensanglantait le visage…

La douleur lui fit lâcher prise…

Il perdit connaissance et bascula sur le côté…

Il allait s'écraser sur les autobloquants quand le maire qui s'était précipité à son secours, le rattrapa dans ses bras.

Ils tombèrent tous les deux sous les applaudissements du public acclamant son premier magistrat qui s'était sacrifié pour sauver le fils de son ancien adversaire.

---

[4] Ce système ingénieux, que l'on retrouve aussi sur la salle des fêtes, est constitué d'un câble tendu, qui empêche les goélands et autres gros oiseaux, de se poser sur les tuiles de faîtage.

Dimanche 15 juin

Autant dire que l'édition dominicale de la *Chronique de l'Ouest* qui revenait en détail sur la chronologie des évènements, se vendit comme des petits pains au chocolat chauds à la sortie des écoliers.

L'article était signé de Victor Tarin, sûrement un des derniers qu'il ferait pour son journal en temps que journaliste permanent, car il avait décidé d'embrasser une nouvelle profession. Le frère de Blanche, qui appréciait en connaisseur son travail de déduction, son courage et sa valeur humaine, venait de lui proposer une association très lucrative dans son agence de détective privé. Dans ses prochaines aventures, Victor serait au centre de l'action, ce qui n'était pas pour lui déplaire... au contraire...

Maintenant que tout était terminé, Plurien allait respirer. On se préparait à la fête. C'était le jour de l'inauguration tant attendu par les enfants, et par les plus grands aussi, du *Parc Penthièvre.*

Il faisait un temps magnifique, et grâce à une publicité savamment orchestrée, de nombreux curieux se dirigeaient vers la côte. Pour sa première journée, le parc allait faire le plein.

Quand Victor sorti de sa villa, il eut une très agréable surprise. Son vieux cabriolet était là, le moteur tournant comme une horloge.

- Je ne comprends pas ? Je pensais qu'il était mort.

- C'était grave, mais pas désespéré. Ton ami le garagiste a changé quelques pièces, mais il m'a surtout demandé de te dire que les vidanges ne se font pas tous les 50.000 kilomètres... et que les courroies de distributions se changent régulièrement...

- Qui l'a lavée ?

- C'est moi papa ! dit Marie-Rose en montrant une éponge plus noire qu'une déjection de l'Erika.

- Merci les filles ! clama Victor en partant essayer son bolide.

- Attends ! J'ai autre chose à te dire Victor.

- Plus tard Blanche, plus tard...

Les cérémonies officielles de l'inauguration du *Parc Penthièvre*, débutèrent à 10h00 par la messe de la Pentecôte célébrée en plein air. Comme on pouvait s'y attendre, le curé revint sur les atrocités qui avaient endeuillé sa paroisse, avant de procéder à la bénédiction du parc.

Toute la presse étant là, de nombreux officiels s'étaient déplacés, espérant apparaître sur les photos ou être interviewés personnellement.

Le maire de Plurien appuyé sur deux béquilles, était présent. Il serrait toutes les mains se présentant à lui et promettait toutes sortes de monts et merveilles à ses concitoyens qui l'acclamaient en héros. Il était en pleine campagne, la disparition de son principal adversaire et son attitude courageuse pendant les évènements lui assuraient la victoire aux prochaines élections…

Debout devant une des nombreuses buvettes du *Parc Penthièvre*, les habitués de « Chez Suzon » à qui ils faisaient une petite infidélité, n'en finissaient pas de raconter les évènements aux curieux des communes voisines :

- Mais alors, demanda un gars d'Erquy, finalement, qui a tué Francine Crubiet ?

- Oui c'est vrai, renchérit un autre, on s'y perd dans cette histoire de fous… reprit le *savant de Paris*.

- C'est Fred qui a tué sa mère ! répondit Victor qui s'immisça dans la conversation.

- Pourquoi ?

- A l'époque, Fred vendait de la drogue dans les collèges de la région pour se payer ses propres doses. Le gamin était entièrement dépendant du dealer qui profitait de sa faiblesse. Quand sa mère l'apprit, sans en parler à son mari elle rechercha qui était le fumier qui tuait son fils à petit feu…

- Elle était courageuse.

- Et dévouée… Quand elle le trouva, elle séduit cette charogne et lui donna rendez-vous dans la Vallée de Diane.

- Elle voulait le tuer ?

- On le suppose…

- Que vient faire Fred dans ce drame ?

- L'adolescent avait surpris sa mère au téléphone, alors qu'elle donnait rendez-vous à celui qu'il croyait être son amant… Quand elle fut partie, il appuya sur la touche bis du téléphone… Il reconnu la voix de son dealer… Il attrapa l'arme que son père avait ramenée d'Algérie et parti en larmes vers la Vallée de Diane…

- Et il s'est trompé de cible mes amis…, termina le maire qui venait saluer son ami Tarin. Ce terrible drame qui a endeuillé notre commune doit être le ciment de notre unité… Serrons-nous les coudes et nous vaincrons…

- Je ne m'explique pas la mort de Raymond Talouët, reprit le *savant de Paris.*

- C'était lui le dealer, reprit Tarin, et cette fripouille avait vu Fred le soir de la mort de Francine… Le putois le faisait chanter et voulait le faire replonger dans l'enfer de la drogue… Fred s'est vengé…

- Et Fred, comment va-t-il après sa chute spectaculaire de vendredi ?

- Il souffre de quelques fractures, mais il s'en sortira… confia le journaliste… Un bon avocat, qui aime bien les causes désespérées, et la publicité dans les journaux, promet de s'occuper de lui…

- Allons mes amis, reprit le candidat en campagne électorale, tournée générale… Dites-moi Victor, continua-t-il en se tournant vers le journaliste, vous votez pour qui dimanche ?

Une interrogation taraudait Tarin depuis que le maire lui avait avoué qu'il était aux Hôpitaux le soir de l'assassinat de Talouët. Il prit le maire à part et se décida à le questionner :

- Rendez-vous galant ! lui susurra l'éclopé en lui adressant un généreux clin d'œil… Mais attention, gardez ça pour vous, ma femme n'apprécierait pas…

Pour le premier après-midi, les manèges du *Parc Penthièvre* étaient demi-tarif, toute la population s'en donnait à cœur joie. Dans son bureau Guillaume la Hunaudaye consultait régulièrement son ordinateur et appréciait les zéros qui s'accumulaient sous la ligne : « *nombres d'entrées.* »

- Tu n'avais pas une deuxième surprise à m'annoncer, dit Victor en montant dans le chariot des *Montagnes Russes*.

- Tu vas être papa mon petit vieux ! lança Blanche.

Ils firent une pirouette et remontèrent tranquillement une côte qui allait bien se terminer un jour… Hélas !

- Encore ? fit Tarin au sommet.

Le wagonnet s'engagea dans une descente vertigineuse…, et prit de la vitesse…

- Comment ça encore, se plaignit Blanche en se cramponnant… on était deeeeeeeeeeeux….

Tout danger était écarté, le manège ralentissait.

- Tu es sûre ? reprit Victor en soufflant.

Le wagonnet s'arrêta.

Elle lui mit le G. Test sous le nez.

Fin

Coup de Tabac sur le Cap
Une autre aventure de Victor Tarin.

Le cadavre d'une jeune fille découvert dans le port d'Erquy un 14 juillet au matin, *entraîne Victor Tarin et la brigade de Gendarmerie de Pléneuf* dans une poursuite implacable contre de dangereux contrebandiers locaux, qui n'hésitent pas à faire plonger leurs ennemis du haut des falaises du Cap-Fréhel.

Cette première aventure palpitante du célèbre correspondant de la *Chronique de l'Ouest*, vous entraînera sans répit sur les chemins du Penthièvre : d'Erquy à Lamballe, de Dahouët à Saint-Cast et de Pléneuf-Val-André à Matignon…

Barrage sur la Rance
Une autre aventure de Victor Tarin.

Quand un ancien député malouin qui possède des dossiers compromettants sur tous ses ennemis refuse de vendre son terrain à un puissant promoteur dinardais, on ne tarde pas à entendre parler de mort accidentelle qui semble arranger beaucoup de monde.

Victor Tarin nous fait découvrir ici les secrets bien gardés d'une puissante famille malouine aux intérêts totalement opposés à ceux de ses ennemis.

Seulement voilà, les puissants murs d'une malouinière historique du Clos Poulet et les riches façades d'une luxueuse villa de la Côte d'Emeraude ne laissent pas facilement filtrer leurs sombres histoires d'argent.

De Saint-Malo à Dinard, en passant par Saint-Servan, Paramé ou Rothéneuf, le célèbre Correspondant de la *Chronique de l'Ouest* nous fait vivre une de ses grandes aventures sur les bords enchanteurs de la Rance.

Imprimerie Henry Pédernec
Dépôt légal 1er semestre 2001
I.S.B.N. : 2-84583-024-6

« Le Griffon des Trois-Vallées »
Une autre aventure de Victor Tarin.

Un cyclotouriste étranglé sous le pont du Guildo, un couple de retraités de Lamballe assassiné dans une guinguette à troisième âge de Saint-Brieuc, une villa transformée en maison close au Val-André, et une galerie d'Art très spécialisée installée à Erquy, voilà un cocktail détonnant dans lequel Victor Tarin va encore mettre son nez, pour le plus grand plaisir des amateurs.

Avec cette nouvelle aventure du célèbre correspondant de presse, laissez vous guider dans l'univers trouble d'un justicier paranoïaque, qui fait trembler les retraités de la Côte d'Émeraude.